HEX ME NOT - DEUTSCHE AUSGABE

WICKED GOOD MYSTERY SERIES

LUCY MAY

OHNE TITEL

»Es sind die Feinheiten, die den Unterschied machen, das Schicksal gibt uns die Karten, und wir spielen sie.« –Arthur Schopenhauer

HINWEIS FÜR DEN LESER

Jeder Titel in der Wicked Good Mystery-Reihe kann gelesen werden, ohne zuerst die anderen Titel der Reihe zu lesen. Allerdings werden Sie auf Ereignisse aus früheren Geschichten stoßen. Wenn Sie das volle Vergnügen von Mysterien, Magie und Chaos genießen möchten, lesen Sie unbedingt auch die anderen Geschichten!

KAPITEL EINS

MOIRA WICKED

Während der Herbst nach Maine hineinwehte, leuchtete Charm Cove in bunten Farben, die Blätter an den Bäumen bildeten eine strahlende Kulisse in Rot, Gold, Orange und Lila. Der Herbst war eine unserer geschäftigsten Jahreszeiten für Persnickety Potions & Gifts. Als ich eines Morgens durch den Stadtpark schlenderte und die frische Luft, den Duft von Holzrauch und die wunderschönen Farben genoss, traf ich auf Beatrice Powers. Wie üblich stürmte sie durch ihre Runde um die Stadt, ließ den Rest ihrer Nordic-Walking-Gruppe weit hinter sich, während ihre Ellbogen flogen und ihr Schritt mehr als nur flott war.

Als sie mich sah, kam sie schlitternd zum Stehen. »Moira Wicked. Wie geht es Ihnen?«, fragte sie, ihre braunen Augen leuchteten und ihr kurz geschnittenes silbernes Haar glänzte unter der frühen Morgensonne. Sie erinnerte mich an einen Kolibri, ihre Energie vibrierte ständig, selbst wenn sie stillstand.

»Mir geht es gut, Beatrice. Und Ihnen?«

»Ausgezeichnet, ausgezeichnet. Ich habe gehört, Sie haben Persnickety Potions & Gifts übernommen. Stimmt das?«

»Nun, unsere ganze Familie besitzt es, aber im Moment hat Tante

Lea andere Dinge, auf die sie sich konzentrieren muss, also übernehme ich größtenteils die Leitung.«

Größtenteils war hier das entscheidende Wort, da meine *ganze* Familie *viele* Leute bedeutete, und alle waren ganz glücklich damit, ihre Meinung darüber zu teilen, wie die Dinge gehandhabt werden sollten. Meine Mutter und Tante Lea waren die beiden, die mir am ehesten Anweisungen gaben, wie ich den Laden führen sollte, aber sie würden mir Anweisungen geben, ob sie nun die Befugnis dazu hätten oder nicht. Das war eine einfache Tatsache meines Lebens. Doch ich sah keinen Sinn darin, Beatrice gegenüber darüber ins Detail zu gehen.

Beatrice nickte schnell, ein besorgter Ausdruck huschte über ihr Gesicht. »Ich habe von Lea gehört. Richten Sie ihr bitte meine Grüße aus. Ich habe sie ermutigt, meiner Walking-Gruppe beizutreten. Ich meine, das kann nur helfen, nicht wahr?«

Ich biss mir auf die Innenseite meiner Wangen, um nicht zu lachen. Sich Tante Lea beim Nordic Walking vorzustellen, nun, das war definitiv schwer vorstellbar. Sie war sicherlich in guter Form und war es immer gewesen, aber sie war nicht gerade der Typ für Gruppenübungen. Sie bevorzugte ihre einsamen Wanderungen und solche Dinge. Außerdem liebte sie das Schwimmen. Den ganzen Sommer über ging sie früh morgens im Ozean schwimmen.

Ich lächelte einfach und nickte. »Nun, Sie wissen ja, dass sie fit bleibt. Ich bin mir nicht sicher, ob Nordic Walking ihr Ding ist.«

Beatrice spitzte die Lippen und legte eine Hand auf ihre schlanke Hüfte. Es war schwer zu glauben, dass sie über neunzig Jahre alt war. Ich vermutete, sie war eine lebende, atmende Werbung für Nordic Walking. »Na gut. Falls Sie jemals bei uns mitmachen möchten, sind Sie auch herzlich willkommen. Ich werde später im Laden vorbeischauen, da ich ein paar Dinge brauche.«

Daraufhin stürmte sie davon, ihre Ellbogen schwangen, als sie sich beeilte, ihre Gruppe einzuholen. Ich setzte meinen Weg fort und hielt bei Magic Beans an. Ich brauchte einen Kaffee, bevor ich meinen Tag im Laden begann. Beatrices Kommentar über Tante Lea blieb in meinen Gedanken hängen. Sie fuhr immer noch hin und her nach Portland zu ihren Arztbesuchen. Sie sprach nicht gerne darüber, bestand aber darauf, dass sie den Brustkrebs besiegen würde.

Die Blattgucker waren in Massen in Magic Beans, einem der beliebtesten Cafés von Charm Cove. Die Tische waren überfüllt, und es gab eine ziemlich lange Schlange, die fast bis zur Tür reichte. »Blattgucker« war der freundliche Spitzname für die vielen Touristen, die extra nach Neuengland kamen, um die Herbstfarben zu sehen. Sobald die Blätter sich zu verfärben begannen, waren sie spektakulär und die Fahrt absolut wert.

Da Charm Cove an einer Küstenstraße in Maine liegt, folgten die Blattgucker ihr nach Norden, um jeden malerischen Ort zu besichtigen und den kombinierten Blick auf die Berge und das Meer zu genießen. Wir waren etwas südlich von Bar Harbor und dem berühmten Acadia Park. Viele Touristen verbrachten ein paar Tage hier, bevor sie dorthin weiterzogen.

Ich stellte mich hinten in der Schlange an und schaute mich nach bekannten Gesichtern um. Trotz meines anfänglichen Widerstandes, nach Hause zurückzukehren, erinnerte ich mich nun, da ich hier war, an das, was ich daran liebte. Obwohl ich meine Zeit in New York City genossen hatte, selbst wenn ich einige Freunde gefunden hatte und zu vertrauten Orten ging, waren die Gesichter aufgrund der vielen Energie, die dort herrschte, immer anders.

Hier in Charm Cove, selbst mit den Blattguckern, die Magic Beans füllten, sah ich eine Mischung aus vertrauten Gesichtern. Ich atmete den Duft von frischem Kaffee und gebackenen Waren ein und warf einen Blick auf meine Uhr, wobei ich mich fragte, ob ich noch genug Zeit hätte, meinen Kaffee zu bekommen und trotzdem pünktlich den Laden zu öffnen. Es würde knapp werden, aber ich könnte es wahrscheinlich schaffen.

Ich kümmerte mich um meine eigenen Angelegenheiten in der Schlange, als jemand meinen Namen hinter mir flüsterte. Als ich mich umdrehte, stand ich Opal Good gegenüber. Da Liam Good und ich vorsichtig miteinander ausgingen und versuchten, es geheim zu halten, hatte ich zufällige Begegnungen mit verschiedenen entfernten Familienmitgliedern von uns, die aufgeregt über uns waren und ständig nach Informationen angelten. Ich wappnete mich, um dasselbe von Liams Tante Opal zu hören.

Opal trug wie üblich ihre schwarze Hose und weiße Bluse. Ihr silbernes Haar war zu einem Dutt hochgesteckt, durch den ein antiker silberner Zigarettenhalter gesteckt war. Groß und schlank, musste sie sich bücken, um mir ins Ohr zu flüstern: »Jemand ist letzte Nacht in unser Haus eingebrochen und hat mehrere Gegenstände gestohlen. Haben Sie heute Morgen schon von Ihrer Mutter gehört?«

Okay, das war *so* gar nicht die Begrüßung, die ich erwartet hatte. Mit weit aufgerissenen Augen sah ich sie an und schüttelte den Kopf. »Nein, ich habe noch nicht mit ihr gesprochen. Warum fragen Sie?«

»Weil ich gerade mit ihr telefoniert habe. Bei ihnen wurde auch eingebrochen.«

Oh verdammt. In Charm Cove wurde es nie langweilig.

»Was wurde gestohlen?«, fragte ich leise, während die Schlange langsam vorrückte. Ich zog mein Handy heraus und stellte fest, dass ich drei verpasste Anrufe von meiner Mutter hatte. Sie muss angerufen haben, während ich auf dem Weg hierher war, und ich hatte es nicht überprüft.

Opal hielt meinem Blick stand und verengte ihre durchdringend blauen Augen. »Wichtige Dinge«, war alles, was sie anbot.

Ach du liebe Güte. Sie platzte mit dieser Neuigkeit heraus und wollte dann vage bleiben. Ich fluchte innerlich. »Wissen Sie, was bei meinen Eltern gestohlen wurde?«

Opal schüttelte schnell den Kopf. »Nein, aber ich weiß, dass es wichtige Sachen waren. Sie wollte, dass wir uns alle treffen.«

»Alle?«

Opal nickte ziemlich heftig. »Abgesehen von uns ist jemand in den Leuchtturm eingebrochen. Ein Wicked oder ein Good besitzt, wie Sie wissen, den Leuchtturm seit seiner Erbauung. Deshalb ist es einer der wenigen Orte, an denen wir eine gemeinsame Geschichte haben, und wichtige Gegenstände werden dort aufbewahrt. Wir haben ein Problem.«

In diesem Moment betraten einige neue Kunden hinter ihr das Café, und Opal wechselte sofort das Thema. »Wann öffnet der Laden heute, Liebes? Ich hatte vor, vorbeizukommen.«

Ich warf einen Blick zur Seite und sah ein Touristenpaar hinter uns. »In fünfzehn Minuten. Wollen Sie einfach mit mir rübergehen?«, fragte ich.

Opal nickte wieder heftig und begann über das Wetter und die besten Orte, um die Blätter zu sehen, zu plaudern. Nachdem wir beide unseren Kaffee bekommen hatten und ich eines meiner Lieblingsblau-beer-Scones geholt hatte, ging Opal mit mir über den Stadtpark.

Als wir den Laden betraten, schaute ich mich schnell um. Im vorderen Teil des Ladens schien nichts ungewöhnlich zu sein, aber als ich nach hinten ging, fand ich ein Durcheinander. Jemand hatte die Lagerregale durchwühlt, in denen wir Tränke, Geschenkartikel und mehr lagerten. Flaschen waren auf dem Boden zerbrochen, und alles war in Unordnung. Opal kam durch den Perlenvorhang und ihr Mund öffnete sich für einen Moment. »O-M-G«, sagte sie.

Ja, manchmal sprach Opal in Akronymen. Seltsam, ich weiß. Akro-nyme beiseite, Charm Cove hatte einen Einbrecher auf freiem Fuß.

KAPITEL ZWEI

Später am selben Abend versammelten sich die Familien Wicked und Good am Leuchtturm Beacon's Charm, einem der Orte der Einbrüche. Nach Opals Update heute Morgen erfuhren wir das ganze Ausmaß der Einbrüche - Opals und ihr Ehemann's Haus, das Haus meiner Eltern, der Leuchtturm, Persnickety Potions & Gifts und The Ink Spot. Insgesamt wurden fünf Orte ins Visier genommen - speziell fünf Orte, die seit Jahrhunderten im Besitz von Hexenfamilien waren.

Unsere jeweiligen Familien hatten entschieden, dass es am besten wäre, sich an einem Ort zu treffen, um zu reden. Angesichts der Tatsache, dass sich Gerüchte in Charm Cove wie ein Lauffeuer an einem windigen Tag verbreiteten, war es besser, wenn wir alle an einem Ort sprachen und die Gerüchteküche nicht zu verrückt werden ließen. Meine beste Freundin Zoe hatte mich angerufen, um mich wissen zu lassen, dass Gerüchte bereits wild umherliefen. Der Polizeichef war heute Morgen sogar bei Persnickety Potions & Gifts vorbeigekommen. Ich hatte dafür gesorgt, dass meine Zwillingscousinen kamen, um mir beim Aufräumen zu helfen und herauszufinden, was gestohlen worden war.

Der Laden war so vollgestopft mit Gegenständen und Objekten, viele davon mit Magie durchdrungen, dass es eine Herausforderung war, herauszufinden, was fehlte. Letztendlich konnten wir feststellen, dass zwei Gegenstände aus dem Verkaufsbereich fehlten, beide echte Zauberstäbe. Im hinteren Raum wurden eine Reihe von Zaubertränken gestohlen, obwohl ich nicht genau wusste, welche oder wie viele es waren.

Nachdem ich mein Auto geparkt hatte, hielt ich inne, um zu dem hohen Leuchtturm hinaufzublicken. Rot gestrichen mit weißer Umrandung stand er auf einem Felsvorsprung entlang der Küste. Wellen schlugen gegen den felsigen Strand an seiner Basis, das Geräusch stieg und fiel mit dem Wind, der vom Wasser her wehte.

Ich öffnete die einzelne Tür am Fuße und folgte der spiralförmigen Treppe im Leuchtturm bis ganz nach oben. Das oberste Stockwerk beherbergte einen riesigen kreisförmigen Raum mit einem kleinen Schlafzimmer im hinteren Teil. Entlang der Wände auf dem Weg nach oben gab es verschiedene versteckte Fächer, in denen seit Jahrhunderten Familienerbstücke aufbewahrt wurden.

Dieser Leuchtturm wurde gebaut, als die Wickeds und die Goods von Salem, Massachusetts, nach Charm Cove, Maine, gezogen waren. Um die Geschichte genau zu erzählen: Als die Familien hierher zogen, hieß der Ort noch Nord-Salem. Erst später während der Hysterie der Hexenprozesse von Salem wurde die Stadt als Charm Cove eingetragen. Die Gründerfamilien wollten keine beiläufige Verbindung zu Salem.

Ursprünglich waren die ersten Hüter des Leuchtturms das erste Ehepaar zwischen einem Wicked und einem Good. Aber dann brach die Hölle los, als der Mann eine Affäre hatte. Der Legende nach hatten die beiden einen epischen Streit, der dazu führte, dass der nahegelegene Wald in Brand geriet und beide schwer verletzt wurden.

Die Familienfehde führte dazu, dass die Familie Good erklärte, der Leuchtturm gehöre ihnen. In den nächsten drei Jahrhunderten wechselte er mehrmals zwischen den Familien den Besitzer. Die Wickeds und die Goods hatten vor etwa zwei Jahrhunderten eine Art Waffenstillstand geschlossen, so besagte es zumindest die Legende. Der Leuchtturm wurde nun gemeinsam von beiden Familien treuhänderisch verwaltet.

Nathan Good, Liams Cousin, war derzeit der Leuchtturmwärter.

Meine langatmige Abhandlung sollte verdeutlichen, dass dieser Leuchtturm einige Jahrhunderte Magie von zwei mächtigen Hexenfamilien beherbergte. Der Leuchtturm selbst lief mit Magie. Nur die alten Geister wussten genau, was hier alles aufbewahrt wurde, so dass es schwer sein würde, zu wissen, was fehlte. Als ich das obere Ende der Treppe erreichte, fiel mein Blick auf eine winzige Tür, nicht größer als meine Hand, die im Treppenhaus aufgebrochen worden war.

Als ich durch das zersplitterte Holz der winzigen antiken Tür blickte, sah ich nichts als einen leeren Raum, der in den Granit gehauen war. Ich nahm an, dass von dort etwas gestohlen worden war. Als ich das obere Ende der Treppe erreichte, ging ich durch den Türrahmen in den Hauptraum des Leuchtturms.

Eine kleine Menschenmenge begrüßte mich. Meine Eltern waren da, zusammen mit Tante Lea, Onkel Jacob, Tante Penelope, Opal Good, meiner Cousine Emma, Liam und seinen fünf Geschwistern und Eltern, Nathan, meinen Zwillingscousinen Celia und Delia, und so weiter und so fort. Es war selten, alle Mitglieder der Familien Wicked und Good an einem Ort zu finden.

Selbst in diesem weitläufigen Raum füllten wir ihn aus. Jemand hatte es für angebracht gehalten, Reihen von klappbaren Holzstühlen im ganzen kreisförmigen Raum aufzustellen. Während ich mich durch die verstreut stehenden Stühle schlängelte, winkte und begrüßte ich die Leute und machte mich auf den Weg zu den Fenstern, die zur Küste hinausblickten. Ich hielt einen Moment inne und bewunderte den atemberaubenden Blick auf den Ozean.

Mit dem Leuchtturm, der hoch auf den windgepeitschten Küsten von Maine stand, erstreckte sich der Atlantische Ozean bis zum Rand des Horizonts. Der Himmel war heute grau, der Ozean eine tiefere Grauschattierung, seine Oberfläche vom Wind, der darüber hinwegfegte, gekräuselt. Nach einem tiefen Atemzug drehte ich mich um, bereit, mich dieser improvisierten Versammlung zu stellen und herauszufinden, warum letzte Nacht so viele magische Häuser aufgebrochen worden waren.

»Die gute Hexe weiß nur, wer das getan hat«, erklärte Opal und strich sich ein unsichtbares Haar aus den Augen.

Tante Lea seufzte dramatisch, hob ihre Hand und ließ ihre

silbernen Armbänder klimpern. Mit einem Handgelenk-Schlenker seufzte sie erneut. »Es ist absolut lächerlich. Ich höre bereits, dass wir hätten wissen müssen, dass so etwas eines Tages passieren würde, bei all den magischen Wertsachen, die wir unter uns haben. Das sogar von Leuten, die keine Ahnung haben, wie viel Macht sie besitzen.«

Meine Mutter lehnte sich einige Stühle hinter Tante Lea nach vorne. »Lasst uns das nicht größer machen, als es ist. Noch nicht. Es könnte einfach nur ein kleiner Diebstahl sein.«

Tante Penelope drehte sich auf ihrem Stuhl um und verdrehte ihre Augen. »Es gibt keine Möglichkeit, das zu wissen. Aber es scheint verdammt verdächtig, dass nur unsere Häuser und unsere Geschäfte ins Visier genommen wurden. Niemand sonst in der Stadt hatte einen Einbruch.«

Ich scannte den Raum und versuchte zu entscheiden, wo ich sitzen sollte. Liam Goods Augen trafen meine, er deutete auf den Sitz neben ihm. Obwohl ich genau wusste, dass viele Leute es bemerken würden, wenn ich neben Liam saß, entschied ich mich trotzdem dafür. Er war eine Stimme der Vernunft in einem Raum voller Menschen, die zu Drama neigten.

Ich glitt auf den Stuhl neben ihm und schaute hinüber. »Was habe ich verpasst?«

Er lächelte leicht, seine blauen Augen kräuselten sich an den Ecken. »Nicht viel. Opal ist bereit, es mit der ganzen Welt aufzunehmen. Währenddessen spuckt deine Tante Lea praktisch Feuer.«

Ich kicherte leise und hielt meine Stimme bei meiner Antwort niedrig. »Natürlich sind sie verärgert. Ich bin es auch. Haben wir von weiteren Einbrüchen gehört seit der letzten Zählung?«

»Ich glaube nicht. Da sind deine Eltern, Opals Haus, dein Laden, The Ink Spot und dann hier am Leuchtturm.«

»Wie ist hier jemand reingekommen?« Da der Leuchtturm einen notwendigen, praktischen Zweck hatte, überwachten Kameras die Außenseite des Gebäudes. »War Nathan in der Nähe, als es passierte?«

Liam schüttelte seinen Kopf. »Es passierte letzte Nacht. Sein Haus ist auf der anderen Straßenseite.«

Opal schritt zum vorderen Teil des Raumes, klatschte in die Hände und zog alle Blicke auf sich. Wie üblich trug sie ihre Haare in einem straffen Dutt zurückgezogen, und ihre Brille war an den Ecken nach oben gewinkelt, was ihr ein fast katzenartiges Aussehen verlieh. Groß und schlank trug sie sich mit einer Aura der Autorität.

»Nicht jeder konnte kommen, aber ich dachte, dies wäre der beste Weg für uns, genau zu sortieren, was fehlt, und ob die gestohlenen Gegenstände Magie enthielten«, kündigte sie an.

Tante Lea hob ihre Hand. Opal rief sie auf, als wären wir in einem Klassenzimmer. Liam schnaubte an meiner Seite, und ich stieß ihn mit meinem Ellbogen an. »Wage es ja nicht, mich zum Lachen zu bringen«, flüsterte ich.

Ich fing den schelmischen Blick in seinem Auge auf, als ich zur Seite schaute. Oh, jeez. Ich hatte versucht, vernünftig mit meinem Schicksal, meinem Los und all diesem Unsinn umzugehen, aber es wurde immer schwieriger. Liam und ich waren jetzt definitiv zusammen, und wir schlichen nicht mehr herum deswegen. Dennoch seufzte ich innerlich jedes Mal, wenn ich an das Schicksal dachte, vor dem ich versucht hatte, wegzulaufen. Es war irgendwie schwer zu denken, dass wir dazu bestimmt waren, zusammen zu sein, um die Wickeds und die Goods in Frieden zu halten.

Als ich im Raum auf unsere verrückten und wilden Familien blickte, musste ich auf meine Wangeninnenseiten beißen, um nicht laut zu lachen. Die Menge an Liebe und Macht hier war ein wenig überwältigend. Ich hatte den Überblick verloren, worüber gesprochen wurde, und zwang meine Aufmerksamkeit weg von Liam.

»Anstatt das als öffentliche Diskussion zu führen, denke ich, dass diejenigen von uns, die die Einbrüche hatten, eine Liste erstellen und eine Person aus jeder Familie ernennen sollten, um darüber zu diskutieren«, sagte Tante Lea gerade. »Auf diese Weise schweben nicht zu viele Informationen herum.«

Einige murmelten als Antwort, aber schließlich nickten alle mit. Nathan tauchte mitten in diesem Gespräch mit Pizza für alle auf. Ich endete mit einer Pizzaschachtel auf meinem Schoß, Liam an meiner Seite und meinen jüngeren Zwillingscousinen Delia und Celia, die kichernd bei uns saßen. Da ich Persnickety Potions & Gifts weitgehend von Tante Lea übernommen hatte, verbrachte ich in letzter Zeit viel Zeit mit den Zwillingen, weil sie meine Hauptangestellten waren.

Ich vergötterte sie. Sie hatten diesen Effekt auf jeden. Ich musste mich vor ihrem Charme hüten, weil sie immer zu irgendeinem Unfug bereit waren.

Tante Penelope zog ihren Stuhl herüber und rutschte neben mich. »Also, was wurde aus dem Laden gestohlen?«, fragte sie.

»Ich dachte, wir hätten uns schon darauf geeinigt, das aufzuschreiben? Meine Eltern und Opal und Theo kümmern sich darum, oder?«

Penelope hob eine Augenbraue und verdrehte die Augen. »Ja, als ob sie das in Ordnung bringen würden. Es ist ein verworrenes Durcheinander. Ich werde sehen, ob ich heute Abend eine Meditation machen kann und in die Zukunft schauen kann.«

Liam räusperte sich, und ich wusste, dass er versuchte, ein Lachen zu verbergen. »Was hat es für einen Sinn, in die Zukunft zu schauen? Alle Einbrüche passierten letzte Nacht«, wies er darauf hin.

Tante Penelope war wunderbar und liebevoll und eine Freude, mit der man zusammen sein konnte. Sie war auch eine mächtige Hexe, aber sie war in den sechziger und siebziger Jahren wirklich in den ganzen freien Liebe- und Drogenlebensstil geraten. Von dem, was ich hörte, nahm sie so ziemlich alles, was sie konnte, und als Ergebnis beeinflusste es ihre Kräfte. Sie waren ein wenig schief und verrückt.

Wenn du eine Hexe oder ein Hexenmeister warst, wurdest du mit deinen Kräften geboren, aber sie entwickelten sich, während du älter wurdest und lerntest, sie zu verfeinern. Die Adoleszenz und das frühe Erwachsenenalter waren einfach verrückt für Hexen und Hexenmeister. Mit Hormonen überall, warst du manchmal mächtiger, als du dachtest, manchmal weniger. Während dieser günstigen Zeit für die Schärfung der Kräfte war Tante Penelope damit beschäftigt, Drogen zu nehmen und eine gute Zeit zu haben. Sie hatte die Kraft, in die Zukunft zu sehen, und manchmal waren ihre Visionen genau, aber manchmal auch nicht.

Penelope schaute zu Liam und verdrehte die Augen. »Ich wollte in die Zukunft schauen und sehen, wer zur Rechenschaft gezogen wird. So würde ich jetzt wissen, wer es getan hat.«

Mit einem völlig ernsten Ausdruck nickte ich. »Klingt nach einer guten Idee.«

Liam räusperte sich wieder und nahm einen Bissen Pizza.

Nicht viel später, als unsere Versammlung sich auflöste, ging Liam mit mir die gewundene Treppe hinunter. Mit einem Augenzwinkern, als er an meinem Auto anhielt, fragte er: »Bei dir oder bei mir?«

Praktisch oder nicht, je nachdem, wie ich es betrachtete, mietete Liam einen Platz auf dem Grundstück meiner Familie. Er wohnte nur einen kurzen Spaziergang von meinem Kutschenhaus entfernt, was es uns leicht machte, uns zu sehen.

»Wie wäre es mit bei mir? Ich hatte keine Chance, nach Ghost zu sehen, seit ich heute Nachmittag den Laden geschlossen habe. Er wird am Verhungern sein.«

»Klingt gut. Bis gleich.«

»Ich werde noch mit meiner Mutter über etwas sprechen, bevor ich gehe. Geh schon rein, wenn ich noch nicht da bin.«

Er stieg in sein Auto und fuhr weg. Ich drehte mich um und suchte die Gegend ab, um zu sehen, ob meine Mutter schon aus dem Leuchtturm gekommen war. Sie kam gerade mit meinem Vater heraus, als ich hinüberschaute.

Ich überquerte wieder die Straße und traf sie an ihrem Auto. »Also, was wurde aus eurem Haus gestohlen?«, fragte ich leise.

Mein Vater und meine Mutter - Gabriel und Camille Wicked - waren zusammen bezaubernd. Meine Mutter war ziemlich schön mit silbernem Haar, durchzogen mit Schwarz und leuchtend grünen Augen. Ich hatte ihre Farbgebung geerbt, obwohl ich mir ziemlich sicher war, dass ich nie so elegant sein würde wie sie. Sie richtete ihren leichten roten Woll-Umhang. Den Kopf zur Seite geneigt, legte sie ihre Hand durch den Ellbogen meines Vaters. Mein Vater sah aus, als wäre er aus den Seiten der Geschichte herausgetreten. Er hatte stattliches silbernes Haar und leuchtend blaue Augen. Während sein Gesicht verwittert war, trug er sich mit Eleganz. Er blickte zu meiner Mutter und dann zurück zu mir.

Bevor er die Chance hatte zu sprechen, warf meine Mutter ein: »Nun, zwei unserer alten Familienzauberstäbe wurden gestohlen und ein altes Zauberbuch. Und wenn du es glauben kannst, haben sie meinen ganzen Vorrat an Erdbeermarmelade vom Sommer gestohlen. Sie stahlen auch meinen Himbeerlikör. Ich hatte zwei Kisten gemacht, um sie über die Feiertage zu verschenken. Ich weiß, das ist noch eine

Weile hin, aber ich werde nicht mehr machen können, weil die Beeren-
saison vorbei ist. Ich kann es nicht glauben«, sagte sie mit einem
Schnauben.

Die Zauberstäbe, die sie erwähnte, waren wertvoll und mächtig,
ebenso wie das Zauberbuch. Niemand in meiner Familie besaß diese
Gegenstände zu Dekorationszwecken, wie es bei allen anderen Betrof-
fenen der Fall war. Der Diebstahl ihrer Marmelade und ihres Likörs
ließ mich überlegen, ob es jemand war, der sie kannte oder zumindest
von ihrer erstaunlichen Marmelade und ihren Likören wusste. Sie war
legendär für die Magie, die sie mit Früchten machen konnte.

Eine Windböe blies vom Ozean her und wirbelte mein Haar in die
Luft. Meine Mutter zitterte, und mein Vater legte seinen Arm um ihre
Schultern und zog sie nahe heran.

»Geht, bevor es noch kälter wird. Ich werde anfangen, mich umzu-
hören. Jeder kommt irgendwann in den Laden, also werde ich zuhören.
Morgen werde ich auch zu Enchanted Spirits gehen. Nichts ist besser
als ein paar Drinks, um die Leute zum Reden zu bringen.«

Auf der Fahrt nach Hause dachte ich über die möglichen Auswir-
kungen der Einbrüche nach. Die Frage war nicht nur wer, sondern
auch warum. Ich hoffte, dass wir, sobald wir die verschiedenen
fehlenden Gegenstände sortiert hatten, einige Antworten bekommen
würden.

Als ich zu Hause am Kutschenhaus ankam, ging ich durch die
Vordertür, völlig vorbereitet auf meine übliche Begrüßung von meinem
Kater Ghost. Unfehlbar hörte ich ein leichtes Rascheln, als er von
einem hohen Regal an der Wand sprang, von meiner Schulter abprallte
und dann auf dem Boden landete. Er drehte sich zu mir um und schlug
seinen Schwanz hin und her auf dem gealterten, glänzenden Holzbo-
den. Ich beugte mich vor und strich mit meinen Fingern über seinen
Kopf. Ich lächelte, als sein Schnurren durch seine Brust rumpelte und
gegen meine Fingerspitzen vibrierte.

»Hey, Ghost. Wie geht's, Kumpel?«, bot ich zur Begrüßung an.

Seine einzige Antwort war, weiter zu schnurren. Mit einem letzten
Reiben seines Kinns gegen meine Finger eilte er in die Ecke und
sprang auf die Fensterbank, wo seine Futterschale war.

Ich ließ meine Schlüssel auf dem Tisch an der Tür fallen und stellte meine Handtasche auf die Theke. Dann umrundete ich die Insel in der Küche und öffnete den Schrank, in dem ich sein Futter aufbewahrte. Ich hatte begonnen, Ghost zu verwöhnen, seit ich vor ein paar Monaten hier war. Er hatte einen regelmäßigen Vorrat an Trockenfutter, aber ich gab ihm auch morgens und abends Dosenfutter.

Nachdem ich etwas frisches Futter in seine Schüssel gegeben hatte, ging ich auf die hintere Veranda und schaute zum Nachthimmel auf. Vor seiner Renovierung war dieses alte Kutschenhaus einmal ein echtes Kutschenhaus gewesen. Es lag in einiger Entfernung vom Haupthaus, wo meine Eltern lebten, und befand sich auf dem Familienanwesen auf einer Klippe über dem Atlantischen Ozean. Von hier auf der Veranda aus konnte ich die Wellen hören, die an die Küste rollten, das rhythmische Geräusch beruhigte mich. Die Sterne waren wie Diamanten am Himmel festgesteckt, mit dem Mond, der auf einer Seite aufging und einen glitzernden Pfad über die Meeresoberfläche warf.

Beim Klang von Schritten durch das Gras schaute ich hinüber und erkannte sofort Liams Gestalt in der Dunkelheit. Mein Puls machte einen kleinen Sprung.

KAPITEL DREI

Am nächsten Morgen lieferte ich mir ein Blickduell mit Ghost. Obwohl Ghost täglich und nächtlich hier war, konnte ich kaum behaupten, dass er meine Katze war, denn ehrlich gesagt schien Ghost niemandem zu gehören. Er hörte sicherlich auf niemanden. Ich war ziemlich überzeugt, dass er mich besaß. Ich meine, um Himmels willen, ich überlegte sogar, eine Katzenklappe für ihn von der Veranda aus einbauen zu lassen. Im Moment saß er auf der Küchentheke und starrte mich an.

Ghost war eine absolut wunderschöne weiße Katze – sein Fell so weiß, dass es fast leuchtete. Durch einen Trick des Schicksals oder der Magie verhedderte sich sein langes und luxuriöses Fell nie und wurde auch nicht schmutzig, obwohl er Tag für Tag draußen frei herumlief.

»Ghost, wir haben dieses Gespräch schon geführt«, sagte ich und bemühte mich um meinen entschlossensten Ton für das Gespräch mit einer Katze. Ghosts grüne Augen hielten meinen Blick. »Du kannst nicht auf der Küchentheke sein, wenn ich versuche zu kochen.«

Das war mein Kompromiss. Ich hatte es aufgegeben, ihn die ganze Zeit von der Küchentheke fernzuhalten, aber ich wollte in Ruhe kochen können. Ghost hatte andere Vorstellungen. Er saß gerne in der Nähe des Herds und beobachtete die Propangasflammen unter den

Brennern. Als Antwort auf meine Erinnerung zuckte er einfach mit dem Schwanz und richtete seine Aufmerksamkeit wieder auf den aktuell genutzten Brenner. Ich seufzte und zuckte mit den Schultern.

Ich vermutete, Ghost wusste, dass er mehrere von uns nach seiner Pfeife tanzen ließ. Er verbrachte die meiste Zeit mit mir, war aber auch bei Liam und schlenderte gelegentlich zu meinen Eltern hinüber. Jeder hatte einen Vorrat an Futter für ihn, zusammen mit Leckerlis. Soweit ich wusste, war Ghost ein mächtiger Hexer, der in einem Katzenkörper gefangen war.

Nach meinem gescheiterten Versuch, Ghost zu disziplinieren, was ehrlich gesagt eine absolute Zeitverschwendung war, schaltete ich den Brenner ab, als das Wasser kochte, und drehte mich um, um meine Kaffeetasse mit einem Espresso und heißem Wasser zu füllen.

Als es an meiner Tür klopfte, rief ich: »Komm rein!«

Meine Cousine Emma trat durch die Tür. »Hey, ich habe nicht erwartet, dich heute Morgen zu sehen.«

Sie schenkte mir ein Lächeln. »Mir ist der Kaffee ausgegangen«, sagte sie, streifte ihre Windjacke ab, um sie an den Garderobenständer neben der Tür zu hängen, bevor sie das Wohnzimmer durchquerte und sich mir gegenüber an der Theke niederließ. »Ich wusste, dass du welchen hast, also dachte ich, ich schaue mal vorbei.« Ihr dunkles Haar war zu einem Pferdeschwanz zurückgebunden, und ihre blauen Augen leuchteten.

»Warte, ich war gerade dabei, mir eine Tasse zu holen. Ich hole dir auch eine.«

Als ich nach einem weiteren Becher aus dem Küchenschrank griff, sagte ich: »Was hältst du eigentlich von dem riesigen Familientreffen gestern Abend?«

Emma kicherte. »Du weißt, dass es Opals Idee war. Sie liebt es, bei Dingen die Führung zu übernehmen.«

Ich zog schnell einen weiteren Espresso und goss ihn in ihre Tasse, bevor ich sie über die Theke zu ihr schob. »Bedien dich ruhig am Wasser und der Sahne«, sagte ich und deutete zwischen dem Teekessel und dem Karton mit Half-and-Half auf der Theke hin und her, während ich mich ihr gegenüber hinsetzte.

Sie gab schnell etwas Wasser und einen Schuss Sahne hinzu. Nach einem Schluck Kaffee schaute ich zu Emma hinüber. »Opal liebt es, Gruppen von Leuten herumzukommandieren. Ich schwöre, sie hätte Auktionatorin werden sollen oder so was.«

Emma brach in Gelächter aus. »Oh mein Gott! Das wäre der perfekte Job für sie gewesen. Vielleicht sollte sie ein Auktionshaus eröffnen und Antiquitäten verkaufen.«

Lachend mit Emma gab ich meinen stillen Willenskampf mit Ghost auf, als er auf die Theke sprang, um Emma zu begrüßen. Sie rieb gedankenverloren sein Kinn, während er lautstark schnurrte. Mit einem schiefen Grinsen blickte sie von Ghost zu mir und fragte: »Er führt dieses Haus, oder?«

»Ghost führt nicht nur mein Haus. Er führt auch Liams und das meiner Eltern. Wir alle haben Futter und seine Lieblingsleckerlis für ihn. Es scheint keine Rolle zu spielen, dass ich ihn schrecklich verwöhne, er springt mir trotzdem jedes Mal auf den Kopf, wenn ich durch die Haustür komme.«

Emma kicherte und kratzte Ghosts Kinn, während sein Schnurren brummte. »Apropos Liam, wie laufen die Dinge?«

Mit dem Gewicht von ein paar Jahrhunderten familiärer Erwartungen bezüglich meiner *Bestimmung*, Liam zu heiraten, redete ich nicht viel über ihn, außer mit Emma und meiner Freundin Zoe. Jeder andere, der mir in meiner Familie nahestand, hatte eine fest etablierte Meinung, dass Liam und ich endlich vorankommen sollten. Während ich froh war, wieder zu Hause zu sein und mich freute, ihn wiederzusehen, rieb mich der Druck auf. Als ich ihrem klaren blauen Blick begegnete, zuckte ich mit den Schultern. »Die Dinge sind in Ordnung.«

»Komm schon, du musst mir mehr geben als das. Ich habe gestern Abend auf dem Heimweg sein Auto hier gesehen«, protestierte Emma.

»Okay, gut. Die Dinge könnten besser als in Ordnung sein.« Ich nahm noch einen Schluck meines Kaffees und trommelte mit den Fingerspitzen auf der Theke. »Sie sind eigentlich wirklich gut. Es fühlt sich an, als wären wir auf dem Weg, dahin zu kommen, wo die Dinge vorher waren. Außer dass wir jetzt beide ein bisschen älter und klüger sind. Das Problem ist, dass es mich aus irgendeinem Grund total stresst, die Dinge auf die nächste Stufe zu heben.«

Emmas neckischer Blick wurde ernst. »Was meinst du damit?«

»Versuch mal, deine ganze Familie plus seine zu haben, die denken, wir sind füreinander bestimmt. Das ist nicht so einfach. Ich meine, was ist, wenn wir den nächsten Schritt machen und heiraten, und dann sind die Dinge nicht alles eitel Sonnenschein?«

Emma verdrehte die Augen. »Es ist nicht so, dass ich es nicht verstehe. Es ist definitiv Druck. Falls du es noch nicht gehört hast, sie haben alle zugestimmt, nicht mit euch beiden darüber zu sprechen.«

»Ist das dein Ernst?«, fragte ich und hätte fast den Schluck Kaffee, den ich gerade genommen hatte, ausgespuckt.

Emma grinste und nickte langsam, während sie einen Schluck ihres Kaffees nahm. »Verdammt, ja. Sie haben mir nichts gesagt, aber ich habe gehört, wie meine Mutter mit deiner Mutter und Opal darüber gesprochen hat. Opal hat versprochen, mit Liams Mutter zu sprechen. Sie sagten, sie wollten nicht versehentlich im Weg stehen, indem sie euch beide unter Druck setzen.«

Ich verdrehte die Augen und schüttelte den Kopf. »Klar, als ob sie Jahre des Drucks auf uns auslöschen könnten.« Ich hielt inne und dachte einen Moment an Liam – sein pechschwarzes Haar, seine eisblauen Augen und die Art und Weise, wie mein Bauch Purzelbäume schlug, wenn sein Blick sich verdunkelte.

Es war nicht so, dass ich Liam nicht liebte. Ich hatte mich so sehr in ihn verliebt, als ich jünger war, dass ich in einen eifersüchtigen Anfall geraten war, der zu einer Kette von Ereignissen führte, die in einem niedergebrannten Gebäude endeten. Bis heute schickte ich immer noch ein Dankgebet an die Hexen, Hexer, Göttinnen und Götter oder vielleicht das Schicksal, das eingegriffen und dafür gesorgt hatte, dass das Gebäude, das ich versehentlich mit einem wütenden Zauber in Brand gesetzt hatte, leer war.

In diesem Moment knurrte mein Magen. »Willst du mit in die Stadt kommen, um etwas zu frühstücken?«, fragte ich.

»So gerne ich das auch würde, ich muss zur Arbeit«, sagte Emma. Emma half in der Immobilienverwaltungsfirma meiner Mutter aus.

»Verstehe. Ich habe sowieso nicht wirklich Zeit, etwas anderes zu tun, als mir etwas zum Mitnehmen zu holen. Ich habe einen extra Thermobecher für deinen Kaffee, wenn du ihn mitnehmen willst«, bot ich an.

»Das wäre perfekt«, sagte Emma, als ich zwei Thermobecher aus meinem Schrank nahm und dann unseren Kaffee auffüllte.

Wir gingen zusammen raus, eine Windböe blies die Blätter über den Hof. Ich winkte Emma zum Abschied und stieg in meinen kleinen Kompaktwagen, um in die Stadt zu fahren. Der Herbst in Charm Cove war wunderschön und bezaubernd. Die Straße von meinem Kutscherhaus in die Stadt schmiegte sich an die Küste. Auf der einen Seite erstreckte sich der Atlantische Ozean, so weit das Auge reichte. Die felsige Küste Maines war atemberaubend vor dem strahlend blauen Himmel. Auf der anderen Seite bot eine Mischung aus historischen Häusern und Herbstbäumen ein Kaleidoskop von Farben im Hintergrund – satte Orange-, tiefe Lila- und Gelbtöne, die in der Brise flatterten.

Der Verkehr auf den engen Straßen der Innenstadt von Charm Cove verlangsamte mich, als ich im Zentrum der Stadt ankam. Touristen, die durchfuhren, um sich die Blätter anzusehen und zum Einkaufen anzuhalten, füllten zu dieser Jahreszeit jede Kleinstadt entlang der Küste Maines. Nachdem ich geparkt hatte, ging ich um den Laden herum, um die Straße zu überqueren und ein paar Backwaren von Magic Beans zu holen. Mit Kaffee war ich versorgt, aber ich brauchte etwas Nahrung, um über den Morgen zu kommen.

Magic Beans war voll mit Touristen und Einheimischen gleichermaßen. Während ich in der Schlange wartete, begrüßte ich ein paar Freunde und Bekannte und fragte mich, ob ich es ein wenig zu knapp bemessen hatte, um pünktlich im Laden zu sein. Nicht, dass ich jemandem außer mir selbst Rechenschaft schuldig war, aber ich zog es vor, pünktlich zu öffnen.

Als ich an die Reihe kam, blickte Sarah Glen, eine der Stammkundinnen, die hier den Tresen bediente, mit einem Lächeln zu mir auf. »Guten Morgen, Moira. Kaffee?«, fragte sie.

»Nein, danke, habe ich zu Hause schon getrunken. Ich nehme ein Blaubeer-Scone und ein Schinken-Käse-Pinwheel. Bitte aufgewärmt.«

Sarah nickte und kassierte mich schnell ab. Bevor ich wegging, lehnte sie sich zu mir und senkte ihre Stimme. »Ich weiß nicht, ob Sie es gehört haben, aber jemand ist letzte Nacht wieder in The Ink Spot eingebrochen.«

Ich sah sie an und hob meine Augenbraue. »Ist das Ihr Ernst?«

Sie nickte heftig. »Ja. Sie haben bereits die Polizei gerufen. Es klingt nicht so, als ob etwas gestohlen wurde, aber sie haben eine Menge ihrer Aufzeichnungen im hinteren Teil durchsucht. Sie bewahren Aufzeichnungen über alles auf, was sie gedruckt haben, seit der Laden eröffnet wurde. Sie wissen schon, vor über dreihundert Jahren.«

Wer auch immer hinter mir in der Schlange stand, räusperte sich. Sarah richtete sich auf und gab mir einen letzten bedeutungsvollen Blick. Ich wusste nicht, was sie dachte, was ich tun würde, aber ich würde verdammt nochmal herumfragen.

Sobald meine Backwaren fertig waren, eilte ich hinüber zu Persnickety Potions & Gifts.

Später am Nachmittag half ich einer Kundin bei der Auswahl aus unserer Vielfalt an künstlerischem Schmuck. Diese Kundin suchte ein Bettelarmband für ihre Tochter. Wir bekamen unsere Bettelarmbänder von einem Juwelier aus der Gegend von Portland. Dieser spezielle Juwelier war weithin bekannt geworden, größtenteils dank unseres Ladens. Er wusste nicht, dass wir jedes Bettelarmband, das er herstellte, nach seiner Ankunft in unserem Laden mit echter Magie versahen.

Mein eigenes Bettelarmband, das ich abgestaubt hatte, nachdem ich es ein paar Jahre versteckt hatte, klimperte leise, als ich ein Armband aus der Vitrine hob, um es der Frau zu zeigen.

»Oh mein Gott, ich glaube, dieses ist perfekt.« Das fragliche Armband hatte eine Reihe kleiner silberner Anhänger, die winzige Nachbildungen von Büchern waren. »Meine Tochter liebt es zu lesen, also ist das einfach perfekt. Es ist, als wäre es für sie gemacht«, fügte sie hinzu.

»Ausgezeichnet. Möchten Sie es verpackt haben?«, fragte ich.

Auf ihr Nicken hin drehte ich mich vorsichtig um, das Armband in meiner Hand. Ich ging hinter den Tresen und rief die Zwillinge. »Mädels, wir brauchen ein verpacktes Armband.«

Delia steckte ihren Kopf durch den Perlenvorhang von hinten. »Ich kümmere mich darum«, sagte sie.

Ich übergab Delia das Armband und drehte mich um, um die Frau abzukassieren. Während ich das tat, spürte ich ein Kribbeln, das meinen Rücken hinunterlief, und dann blitzte ein seltsamer Farbausbruch in der hinteren Ecke des Ladens auf. Ich eilte schnell um den Tresen herum und machte mich auf den Weg in die Ecke, um nachzusehen. Ein paar Kunden standen dort, alle mit weit aufgerissenen Augen und Verwirrung in ihren Gesichtern. Einer von ihnen hielt einen Zauberstab in der Hand. Die »magischen« Zauberstäbe, die wir verkauften, waren meist nur als Spielzeug gedacht. Doch dieser Zauberstab war in eine seltsame Form gebogen. Ehrlich gesagt, wenn ein Zauberstab betrunken sein könnte, dann war es dieser.

»Oh mein Gott«, sagte ich und versuchte, meinen Ton ruhig und besorgt zugleich zu halten. »Was in aller Welt ist passiert?«

Die Dame mit dem betrunken aussehenden Zauberstab in der Hand hob ihn hoch. Das spitze Ende war in zwei Teile gesplittert. »Alles, was ich getan habe, war, ihn aufzuheben, und dann hat er rosa gefunkt«, erklärte sie. »Ich habe gehört, dass dieser Laden etwas Besonderes ist, und es gibt diese dummen Gerüchte über die Liebestränke, die Sie verkaufen. Aber was ist das? Hat es eine Batterie drin?«

Ich nahm ihr vorsichtig den Zauberstab ab und tat so, als wäre nichts schiefgegangen. »Einige von ihnen haben Batterien. Das muss einer von ihnen sein«, sagte ich fröhlich. »Es tut mir so leid, dass das passiert ist.«

Während ich sprach, passte ich meine Hände an und wirkte schnell einen Eliminierungszauber in Richtung aller Dinge in dieser Ecke des Ladens. Wenn dieser Zauberstab mit Magie versehen worden war, musste ich sicherstellen, dass alles andere in der Umgebung seine Magie verlor, und der Eliminierungszauber würde den Trick erledigen. Ich wusste nicht, was schief gelaufen war, aber irgendetwas war passiert. Celia eilte herbei, um mich zu retten, indem sie die Frauen schnell zu einer neuen Schmuckauswahl umleitete.

Mit allen effektiv abgelenkt, eilte ich mit dem betrunkenen Zauberstab in der Hand nach hinten. Er war in der Mitte gespalten, und jede Seite hatte sich wild gekräuselt. Ich konnte leicht annehmen, dass Celia und Delia einige Tricks auf Lager hatten, aber mein Bauchgefühl sagte mir, dass das nicht der Fall war.

Mit einem Blick auf Celias weiten, erschrockenen Blick, als sie herüberkam, wusste ich, dass meine Vermutung richtig war. Wenn sie etwas Ungezogenes taten, konnten sie nicht aufhören zu kichern, aber jetzt sahen sie beide erschrocken und leicht verängstigt aus. Auch wenn Celia es cool gespielt hatte, als sie nach vorne kam, konnte ich sehen, dass sie besorgt gewesen war. Mit all den Diebstählen und dem gigantischen Mehr-Familien-Treffen der anderen Nacht waren selbst sie ängstlich und besorgt.

KAPITEL VIER

Als der Laden an diesem Abend schloss, verabschiedete ich mich von Celia und Delia, als eine ihrer Freundinnen kam, um sie abzuholen. Ich schloss die Tür hinter ihnen ab und vergewisserte mich, dass auch der Hintereingang gut verschlossen war, bevor ich Liam anrief.

Er nahm beim ersten Klingeln ab. »Hey, was gibt's?«

»Bist du noch bei der Arbeit?«

»Ich bin gerade fertig. Warum fragst du? Ich dachte, wir wollten uns sowieso später im Enchanted treffen.«

Enchanted Spirits war ein Ort, an dem wir oft auf ein Getränk vorbeischauten und Freunde trafen. Liam arbeitete im Familienunternehmen. Er hatte für ein paar Jahre einen der Investmentzweige in Boston übernommen, leitete ihn jetzt aber hauptsächlich aus der Ferne von hier aus. Außerdem half er bei der Verwaltung der Konten für den Zauberladen seiner Familie, der überwiegend Gesundheits- und Schönheitsprodukte verkaufte. Beauty Bewitched wurde zufälligerweise von seiner Tante Opal geführt.

»Also«, sagte ich und hielt meine Stimme leise, obwohl niemand in der Nähe war. »Als ich heute Morgen bei Magic Beans war, hat Sarah mir erzählt, dass letzte Nacht schon wieder in The Ink Spot eingebrochen wurde und jemand ihre alten Drucke von vor langer Zeit durchsucht hat.«

»Wusste sie noch mehr?«

»Nein, aber die Bishops hatten es bereits der Polizei gemeldet. Das ist das eine, und dann gab es heute eine pinke Explosion bei einem unserer Zauberstäbe.«

»Waren es die Zwillinge?«, fragte Liam und stellte damit die offensichtliche Frage.

»Ich bin ziemlich sicher, dass sie es nicht waren. Sie können nicht aufhören zu kichern, wenn sie etwas anstellen, und beide sahen verängstigt aus. Außerdem haben sie hoch und heilig geschworen, dass sie nichts getan haben, und sie gestehen immer, wenn sie etwas ausgefressen haben. Der Zauberstab ist genau in der Mitte gebrochen. Ich schwöre, er sieht aus, als wäre er betrunken. Ich hatte gehofft, du könntest vor meinem Feierabend im Laden vorbeikommen und sehen, ob du ihn reparieren kannst.«

»Natürlich. Gib mir zehn Minuten. Wie wäre es, wenn ich Jacob auch dorthin bestelle?«

Sein Onkel Jacob konnte Zaubersprüche spüren. »Klar. Wenn er zu uns kommen kann, je mehr, desto besser.«

Wie versprochen klopfte Liam zehn Minuten später an die Hintertür des Ladens. Ich öffnete die Tür und ließ ihn herein, wartete aber, als ich sah, dass Jacob hinter ihm über den Parkplatz kam. Als beide drinnen waren, schloss ich die Tür ab und führte sie sofort zum hinteren Arbeitstisch, wo ich den zerbrochenen Zauberstab gelassen hatte. Liam wollte ihn aufheben, aber Jacob schüttelte den Kopf.

»Lass mich ihn zuerst halten, Liam«, sagte er mit tiefer, autoritärer Stimme.

Liam und ich standen ruhig daneben, während Jacob den Zauberstab in seinen Händen hielt. »Wo ist das passiert?«, fragte er.

»Vorne bei einem der Ausstellungsstücke. Kommt mit, ich zeige es euch.«

Ich führte sie in den Verkaufsraum und war froh, dass ich das Licht vorne ausgeschaltet hatte. Wir hatten gerade genug Licht von den Vitrinen, um zu sehen. Etwas ging definitiv vor in der Innenstadt von

Charm Cove, aber ich wollte nicht, dass jemand durch unsere Schaufenster schaute und sah, was wir taten.

Als wir die Ecke erreichten, blieb Jacob stehen und schloss die Augen. Nach einem Moment öffnete er sie wieder. »Auf diesen Stab wurde definitiv ein Zauber gewirkt, aber es ist keine Hexe oder Hexer, den ich kenne.«

Liams Blick traf meinen, etwas überrascht, bevor er sich Jacob zuwandte. »Nun, wenn es niemand ist, den du kennst, was kannst du uns dann sagen?«

»Es ist definitiv ein Mann. Das ist alles, was ich dir sagen kann. Ich kann etwas recherchieren, um zu sehen, ob ich den Zauber mit jemandem aus unseren Aufzeichnungen in Verbindung bringen kann. Ich muss den Zauberstab mit in unsere Familienbibliothek nehmen.«

»Gehen wir nach hinten«, sagte ich leise, als ich ein paar Touristen sah, die durch die Schaufenster späten.

Als wir wieder sicher außer Sichtweite waren, reichte Jacob Liam den Zauberstab. Liam hatte die seltene Fähigkeit, magische Objekte in ihren Originalzustand zurückzuversetzen. Der Zauberstab war fast bis zum Ansatz gespalten, und jede Seite hatte sich zu Spiralen eingerollt. Liam schloss die Augen, während er den Stab am Ende hielt. Die Luft um uns herum begann zu summen und nahm einen bläulich-violetten Farbton an. Nach einem Moment beobachteten wir, wie sich der Zauberstab in seinen Händen begradigt und das Holz sich von selbst wieder zusammenfügt.

Liam öffnete die Augen und gab ihn an Jacob zurück. Jacob war technisch gesehen ein Onkel von uns beiden. Aber falls du denkst, dass es irgendeine Blutsverwandtschaft zwischen uns gab, die gab es nicht. Unsere erweiterten Familien hatten in jeder Generation eine Heirat. Doch als der Zauber dafür gesprochen wurde, waren beide Familien riesig mit vielen Familienzweigen. Während Liam Jacob seinen Onkel nannte, war er ein Onkel etwa vier Generationen entfernt. Meine Tante Lea hatte Jacob geheiratet, für mich bestand die Verbindung also durch diese Ehe. Detaillierte Stammbäume skizzierten die verschlungenen Familien, unsere Verbindungen und die jeweiligen Kräfte der verschiedenen Familienmitglieder.

Jacob nickte Liam leicht zu und steckte den Zauberstab vorsichtig in die Innentasche seiner Jacke.

»Hast du etwas gehört?«, fragte Liam in Bezug auf die zahlreichen Einbrüche.

Jacob war still und nickte dann, kaum merklich. »Wir versuchen, alles zusammenzusetzen. Ich habe deine Mutter und Opal damit beauftragt, die Geschichte jedes gestohlenen Objekts zurückzuverfolgen. Wir müssen die Herkunft bis zum Ursprung zurückverfolgen. Einschließlich wer die Objekte zuerst magisch gemacht hat, warum, wann und mit welchem Zauber. Das wird einige Zeit in Anspruch nehmen.«

»Sarah von Magic Beans hat mir erzählt, dass in The Ink Spot wieder eingebrochen wurde, aber sie wusste nicht, ob etwas gestohlen wurde. Hast du davon gehört?«, fragte ich.

»Ja. Ich habe früher mit Albert gesprochen. Er war sich sicher, dass nichts gestohlen wurde, aber jemand hat viel Zeit damit verbracht, ihre alten Drucke aus Hunderten von Jahren zu durchsuchen. Nun, ich sollte nicht sagen, dass er sich sicher ist, dass nichts gestohlen wurde. Es wurden keine Gegenstände mitgenommen. Es wird eine Weile dauern, bis er herausfindet, ob irgendwelche ihrer alten Nachrichtendrucke gestohlen wurden. Sie haben immer noch jeden Druck auf Lager, der bis zum Beginn des Unternehmens zurückreicht. Da sie seit den späten 1600er Jahren im Geschäft sind, haben sie viel zu überprüfen«, erklärte Jacob.

The Ink Spot wurde gegründet, als unsere Familien zum ersten Mal nach Maine kamen. Die Wickeds und die Goods kamen zuerst, und mehrere andere Familien, einschließlich der Bishops, folgten. Damals hatte The Ink Spot stolz Nachrichten über die puritanische Hysterie um Hexen in Massachusetts verbreitet. Es war das einzige Geschäft in der Stadt, das sich noch in seinem ursprünglichen Gebäude befand, das ausschließlich für seinen derzeitigen Zweck als Druckerei gebaut wurde.

Der ursprüngliche Druckbereich war inzwischen ein kleines Museum, in dem die alten Geräte ausgestellt wurden, aber die Druckerei war immer noch in Betrieb. Der modernere Teil war auf der Rückseite des Gebäudes angebaut worden.

Jacob warf mir einen Blick zu. »Ich werde das mit nach Hause nehmen und sehen, ob ich diesen Zauber aufspüren kann«, sagte er und klopfte auf seinen Blazer. Wie mein Vater schien Jacob immer so auszusehen, als wäre er geradewegs aus den Seiten eines Geschichtsbuchs gestiegen – gekleidet in Stoffhosen und Blazer mit einer altmodischen Ausstrahlung.

Als ich ein kleines Mädchen war, war ich fest davon überzeugt, dass er und mein Vater magische Blazer hatten. Sie hatten immer Dinge in den Innentaschen. Jacob und Tante Lea waren die vorbestimmte Heirat der letzten Generation zwischen einem Wicked und einem Good. Ihr Haus diente als Lagerraum und Schutzort für beide Familien. Sie hatten auch eine riesige Bibliothek mit Büchern über Büchern, die die gespeicherten Geschichten der Hexenfamilien enthielten.

Neben Liam stehend beobachtete ich, wie Jacob ging, und dann schaute Liam mich an. »Ich könnte definitiv einen Drink gebrauchen. Du auch?«

»Lass mich nur sicherstellen, dass alles abgeschlossen ist, und dann gehen wir.«

Auf sein Nicken hin eilte ich zurück nach vorne, überprüfte die Schlösser dreimal und stellte sicher, dass alles weggeräumt worden war. Ich sprach einen Zauber über die Vordertür, wie wir es jeden Abend taten. Zur Sicherheit tat ich dasselbe mit dem Hintereingang und ging dann mit Liam über den Stadtplatz zum Enchanted Spirits.

Seine Hand umschloss meine, als wir über die Schieferplatten schlenderten, die durch die Mitte des Platzes führten. Die Luft war frisch mit dem Duft von Holzrauch und Balsam, der durch die Luft wehte, als wir an der riesigen Balsamtanne in der Mitte des Platzes vorbeikamen. Ich atmete tief ein und ließ die Luft langsam ausströmen. Trotz meiner Angst entspannte ich mich ein wenig, als Liam seine Hand um meine legte. Sein Griff war stark und sicher.

Wir waren beide seit mehreren Monaten wieder in Charm Cove und schienen endlich in die leichte Kameradschaft zurückgefunden zu haben, die wir einst geteilt hatten. Ich wusste, was ich wollte. Ich liebte Liam, aber ich war einfach noch nicht ganz bereit, das ganze Theater der Ehe aufzuführen. Denn bei uns hing so viel Druck damit zusammen, wegen unserer Familien und all dem, was wir angeblich repräsentierten. In vergangenen Tagen – nun, nicht Tagen, Jahrhunderten, um genau zu sein – hatten zwei der Matriarchinnen in unseren jeweiligen Familien einen Zauber gesprochen, der für alle Ewigkeit dauern sollte.

Die Wickeds und die Goods hatten ein ganzes Jahrhundert lang gegeneinander gekämpft nach einer Ehe, die schief gegangen war. Um diesen Bruch zwischen den Familien und die dadurch verursachten Störungen in der magischen Welt zu beheben, hatten diese beiden mächtigen Hexen einen Zauber gesprochen, der bestimmte, dass ein Wicked und ein Good in jeder Generation heiraten würden. Diese Verbindung zwischen den Familien würde verhindern, dass wir immer wieder auseinanderbrechen. Damit du nicht denkst, wir wären wie Königsfamilien und würden Inzucht betreiben: Wir waren so groß und verstreut, dass es fast unmöglich war. Liam hatte fünf Schwestern und Brüder, während ich vier hatte, und das umfasste nicht einmal all die vielen Cousins und Cousinen in beiden Familien. Es war fast lächerlich in der modernen Welt, in der die meisten Familien ein oder zwei Kinder haben. Wie auch immer, ich schweife ab. Sagen wir einfach, es gab ein wenig Druck auf Liam und mir.

Als wir Enchanted Spirits betraten, war die Bar voll mit Laubguckern und Einheimischen. Auf einen schnellen Blick war ich mir nicht einmal sicher, ob wir einen Tisch ergattern könnten.

»Moira, Liam!«, rief eine Stimme.

Als ich mich umschaute, sah ich Emma in der Ecke winken. Sie war an einem Tisch mit Nathan, Liams Cousin. Mit Liams Hand um meine geschlungen, bahnten wir uns unseren Weg um die Tische herum, um die Nische zu erreichen. Nathan rutschte von seinem Sitz und ging auf die andere Seite der Bank neben Emma.

Emma lächelte, als ich mich ihr gegenüber setzte, ihre blauen Augen funkelten. »Hey, ich dachte mir schon, dass ihr beiden hier vorbeischauen würdet.«

Ich zuckte mit den Schultern, während ich ihr Lächeln erwiderte. »Warum dachtest du das?«

»Weil wir alle einen Drink brauchen«, sagte sie unverblümt.

Liam lachte, sein Blick traf meinen. »Ich weiß, dass ich einen brauche.«

Unsere Kellnerin, Rachel Ouellette, kam an unserem Tisch an. Die Mitglieder der Familie Ouellette teilten fast ausnahmslos blondes Haar und blaue Augen. Rachel passte in dieses Schema und hatte ein freundliches Grinsen, das ihre runden Wangen aufplusterte, als sie uns begrüßte. Wir bestellten alle Bier und Burger.

Nachdem Rachel eilig davonging, um unsere Getränke zu holen und unsere Bestellung aufzugeben, warf Liam einen Blick auf Nathan. »Gibt es irgendwelche Updates seit gestern?«

Nathan schüttelte den Kopf. »Nada. Ich werde eine Weile im alten Schlafzimmer oben im Leuchtturm bleiben. Es ist nicht so bequem wie mein Haus, aber wer auch immer eingebrochen ist, kam in der Nacht, also denken sie vermutlich nicht, dass ich dort sein werde.«

»Glaubst du, sie würden wieder einbrechen?«, fragte ich.

Emma hob eine Augenbraue. »Nun, du hattest heute Nachmittag diese seltsame magische Sache im Laden, und jemand ist wieder in The Ink Spot eingebrochen.«

Heiliger Strohsack, Neuigkeiten verbreiteten sich hier schnell. Obwohl ich schon eine Weile wieder zu Hause war, vergaß ich immer noch, wie sich Klatsch wie ein Lauffeuer durch die Stadt bewegen konnte. »Woher hast du von der Sache im Laden gehört?«

»Opal«, bot sie mit einem Schulterzucken an.

Ich schüttelte den Kopf und verdrehte die Augen.

»Opal weiß irgendwie alles«, meinte Liam mit einem Augenzwinkern.

»Ich weiß«, antwortete ich und stupste ihn mit meinem Ellbogen. »Wie hat sie das so schnell herausgefunden?«

»Nun, du weißt, wie das läuft. Es dauert nur ein paar Minuten, bis sich eine Nachricht verbreitet«, konterte Emma mit einem Grinsen. »Apropos Nachrichtenverbreitung...« Emma lehnte sich mit den Ellbogen auf den Tisch und senkte ihre Stimme. »Ich bin Isobel begegnet, als ich hierher gelaufen bin. Du weißt, sie ist neugierig wie die Hölle.«

Isobel Martin *war* neugierig. Isobel redete auch mit verdammt jedem. Sie hatte absolut kein Verständnis für das Konzept von Takt. »Und?«, fragte ich und kreiste mit der Hand.

»Nun, sie denkt, Sally und Rae hätten etwas damit zu tun, aber um alles in der Welt, ich konnte nicht herausfinden, warum«, fügte Emma hinzu.

Nathan verdrehte die Augen. »Isobel meint immer, sie kennt den neuesten Klatsch. Ich schwöre, die Hälfte der Zeit erfindet sie Scheiß, nur um in der Mitte der Geschichte zu stehen.«

Liam lachte, als er sich zurücklehnend gegen den Sitz lehnte und seinen Arm um meine Schultern legte. »Das tut sie tatsächlich. Aber sie redet auch mit verdammt jedem, also ist sie manchmal den Dingen voraus.«

»Hat sie gesagt, warum sie dachte, Sally und Rae hätten etwas damit zu tun?«, fragte ich.

Emma trommelte mit den Fingerspitzen auf dem Tisch. »Weil sie sie in der Nacht der Einbrüche beim Einkaufen gesehen hat. Ich stimme dir zu. Ich fand, das ergab keinen Sinn.«

»Genau. Ich meine, meine Güte, sie haben gerade mit dem Chaos zu tun, das nach dem Vorfall mit Alvin passiert ist. Der arme Daniel weiß nicht einmal, wie er rechtlich mit ihnen umgehen soll. Sie stehen verdammt noch mal wegen fahrlässiger Tötung unter Bewährung.«

Liam und Nathan lachten beide. Alles in allem war es völlig lächerlich. Sie hatten Alvin versehentlich getötet, indem sie aus Eifersucht einen Stolperzauber auf ihn gewirkt hatten. Er fiel in einen Brunnen und ertrank. Nachdem die halbe Stadt unter Verdacht gestanden hatte, stellte sich heraus, dass Alvin es nicht in der Hose behalten konnte und die Zwillinge gegeneinander ausgespielt hatte. Die ganze Situation brachte die Idee eines Liebesdreiecks auf eine ganz neue Ebene.

»So sehr ich es auch liebe, Klatsch von Isobel zu hören, ich glaube, das hält keiner Prüfung stand. Aber das heißt nicht, dass es sich nicht lohnt, der Sache nachzugehen. Sally und Rae sind ziemlich durchgeknallt«, fügte ich hinzu.

»Nun, eines kannst du bei ihr sicher sein, sie wird es jedem erzählen, also...« Liams Worte verloren sich in einem Lachen. »Du wirst sowieso feststecken und es ausschließen müssen, egal was.«

»Hast du schon mit Zoe gesprochen?«, fragte Emma.

Bevor ich eine Chance hatte zu antworten, kam Rachel mit unserem Krug Bier und einer Vorspeise mit Hummerpasteten an. Wir warteten, bis sie weitergegangen war, bevor wir hineintauchten. Nach ein paar Bissen und einem Schluck meines Bieres traf ich Emmas Blick wieder. »Nein. Ich werde sie wahrscheinlich morgen sehen. Wir sollen uns auf einen Kaffee treffen. Ich denke, das wird Daniel etwas Zeit geben, um nachzuforschen.«

»Weiß Daniel, dass Zoe im Grunde unsere Quelle für alles ist, was mit seinen Ermittlungen zu tun hat?«, fragte Nathan und bezog sich darauf, dass meine Freundin Zoe mit dem Polizeichef von Charm Cove, Daniel, verheiratet war.

»Oh, ja«, sagte ich zwischen den Bissen. »Er hört einfach auf, ihr Sachen zu erzählen, wenn er nicht will, dass sie es jemandem erzählt. Es ist aber auch eine Zweibahnstraße. Ich meine, wenn wir nicht wären, hätte er vielleicht nicht herausgefunden, wer versehentlich Alvin getötet hat. Er weiß, wie man beide Seiten ausspielt.«

»Stimmt«, fügte Liam hinzu.

Während wir aßen, ging Amber Ouellette an unserem Tisch vorbei und hielt an, um Hallo zu sagen. Sie war immer noch ein bisschen verstimmt darüber, dass ihre Familie wegen des Wirbels um Alvins Tod verdächtigt worden war. Es war niemandes Schuld, aber sie waren verdächtigt worden wegen all des Eigentums, das sie besaßen, und Alvins Rolle bei der Neuzonierung des Landes, um die Steuern zu erhöhen. Ich hatte das Gefühl, die Familie würde irgendwann darüber hinwegkommen. Verdammt, eine Wicked zu sein bedeutete zu akzeptieren, dass die halbe Stadt meiner Familie die Schuld für alles geben würde. Die alte Fehde zwischen den Wickeds und den Goods war vor zwei Jahrhunderten abgeflaut, aber sie war legendär, also schauten uns die Stadtbewohner immer noch schief an, wenn etwas schief lief. Ich hatte gelernt, es abzuschütteln, also ging ich davon aus, dass Amber dieselbe Lektion lernen müsste.

Die Unterhaltung ging weiter, und ich ließ mich entspannen und abschalten, lehnte mich zurück in der Nische und beobachtete den Raum. Manchmal wünschte ich, ich hätte eine der Kräfte meiner Mutter. Wenn sie jemanden sah, konnte sie die Vergangenheit sehen. Nun, mehr oder weniger. Genauer gesagt, wenn es sich um eine Hexe oder einen Hexer handelte, konnte sie sehen, ob sie etwas verbargen, und jeden Nebel durchdringen, mit dem sie versuchten, es zu verdecken. Sie konnte nicht alle spezifischen Details jüngster Ereignisse sehen, aber es reichte, um hilfreich zu sein. In einer überfüllten Bar voller Hexen und Hexer konnte ich nicht anders, als mich zu fragen, wer etwas verbarg und ob es etwas mit der jüngsten Reihe von Einbrüchen zu tun hatte.

Später in dieser Nacht, nachdem Liam mich nach Hause gefahren hatte, kam er mit mir hinein, während ich darüber nachdachte, was ich von ihm wollte. Ich konnte stur sein. Das wusste ich ohne Zweifel.

Ich wusste, dass ich stur war, was unser Schicksal oder vielmehr die Meinungen unserer Familien über unser angebliches Schicksal betraf. Doch selbst angesichts meiner Vorbehalte waren wir in die Routine zurückgefallen, die wir gehabt hatten, bevor ich alles mit einem wütenden Zauberspruch in die Luft gesprengt hatte.

Mit Liam zusammen zu sein war gleichzeitig einfach und elektrisierend. Als wir vor meiner Tür standen und ich in seine eisig blauen Augen schaute, die scharf geschnittenen Ebenen seines Gesichts und sein rabenschwarzes Haar betrachtete, machte mein Herz diesen seltsamen kleinen Sprung. Es passierte jedes Mal, wenn er in der Nähe war.

Seine Augen trafen meine im silbernen Licht des Mondes. Dann neigte sich sein Kopf nach unten, seine Lippen trafen meine und schickten einen heißen Stromstoß direkt durch mich. Es gab verschiedene Arten von Magie, und ich erlebte Macht auf viele verschiedene Arten.

Doch dies – dieser heiße Machtschub zwischen uns – erinnerte mich daran, dass ich das Schicksal in meinen Händen hielt. Oder so sagte zumindest jeder.

KAPITEL FÜNF

Am nächsten Tag ging ich wie geplant in die Stadt, um mich mit Zoe auf einen Kaffee zu treffen. Ich fand sie an einem Tisch in der Ecke von Magic Beans sitzend. Nachdem ich mir selbst eine Tasse Kaffee und ein Blaubeer-Scone geholt hatte, ließ ich mich an dem Tisch ihr gegenüber nieder.

»Guten Morgen«, sagte sie, ihre braunen Augen funkelten und ihr lockiges braunes Haar fiel um ihre Schultern. Mit ihren runden Wangen und Sommersprossen hatte sie ein fröhliches Aussehen, das sich noch verstärkte, wenn sie lächelte.

»Morgen. Also, was gibt's?«

»Das sollte ich dich fragen. Gerüchten zufolge gab es neulich ein Mehrfamilien-Treffen im Leuchtturm.«

Ich unterdrückte einen Seufzer. Nicht weil es mich störte, dass Zoe es erwähnte, sondern weil die Blitzgeschwindigkeit, mit der Neuigkeiten in Charm Cove die Runde machten, niemals abnahm.

»Von wem hast du das gehört?«, fragte ich.

»Von Daniel. Anscheinend hat Mrs. Smitty ... du weißt schon, diese Lehrerin, die die Zwillinge nicht mögen?« Bei meinem Nicken fuhr sie fort: »Jedenfalls hat Mrs. Smitty alle hineingehen sehen, weil sie direkt die Straße runter vom Leuchtturm wohnt.«

»Ach so. Hätte ich mir denken können. Zwischen Opals und Theos Haus, dem Haus meiner Eltern, dem Leuchtturm, unserem Laden und The Ink Spot, das sind fünf Einbrüche in einer Nacht. Alle sind nervös, weil nur Hexensachen gestohlen wurden. Was hast du noch gehört? Irgendwelche Neuigkeiten von Daniel?«

Zoe brach ein Stück von ihrem Scone ab und nahm einen Bissen. Nach einem Schluck Kaffee musterte sie mich. »Wahrscheinlich nicht mehr als du. Daniel rennt natürlich herum und versucht, mit allen gleichzeitig zu sprechen. Er glaubt lieber nicht, dass es etwas Hexenhaftes ist. Das wird manchmal nervig. Ich meine, ich bin eine Hexe, also ist es ja nichts Schlimmes. Du glaubst nicht, was er neulich Abend gesagt hat«, sagte sie mit einem Kopfschütteln und machte eine Pause für einen weiteren Schluck Kaffee.

»Was denn?«

»Wir sprechen endlich darüber, vielleicht Kinder zu bekommen. Er macht sich Sorgen, dass sie Kräfte haben werden und das Probleme verursachen könnte. Er hat mir gestern Abend gesagt, dass jedes Mal, wenn er eine größere Ermittlung hat, es mit Hexen zu tun hat.«

»Er hat sich in eine Hexe verliebt, also kann es nicht so schlimm sein.«

Zoe verdrehte die Augen mit einem Seufzer. »Ich weiß. Und er ist mit Hexen verwandt. Seine Tante ist eine.«

»Es muss ein Riesenfrust für ihn sein, mit diesen Ermittlungen umzugehen. Das Letzte, was ich in Charm Cove sein wollte, wäre der Polizeichef. Wenn Magie in eine Ermittlung reinkommt, wird es viel schwieriger zu klären, es sei denn, man ist zufällig eine Hexe.«

Zoe lachte. »Er liebt seinen Job wirklich. Ich glaube, er fühlt sich überfordert, wenn es um die Hexensachen geht. Er meint, er hätte immer das Gefühl, dass die Leute ihm Dinge erzählen, anstatt dass er sie selbst herausfindet.«

Nachdem ich einen Bissen von meinem Scone zu Ende gekaut hatte, schüttelte ich den Kopf. »Das stimmt nicht immer. Außerdem glaubt er wenigstens an Magie. Ich würde mir nicht zu viele Gedanken über das machen, was er gesagt hat. Es ist eben eine zusätzliche Sorge, wenn man Kinder mit Kräften hat.«

Zoe kaute an ihrer Unterlippe und nickte. »Stimmt. Jedenfalls, was ist aus dem Laden verschwunden?«

»Nun, apropos Daniel alles sagen, zwei Zauberstäbe und einige Tränke wurden gestohlen, was ich ihm auch gesagt habe. Ich musste ihm sagen, dass ich noch nicht hundertprozentig den Überblick über das Inventar habe, also weiß ich eigentlich nicht, welche genau gestohlen wurden, nur dass zwei fehlen. Ich muss mit Tante Lea sprechen, um herauszufinden, wie wir das Inventar für die Tränke verfolgt haben. Verdammt, wir haben einige, die Jahrhunderte alt sind.«

Zoe lachte. »Ich wette, Lea hat alles unter Kontrolle. Sie wirkt zwar verpeilt, aber sie hat immer alles im Griff.«

»Ja, wenn ich sie nur davon abhalten könnte, einfach reinzuplatzen und nach Lust und Laune Tränke zu brauen.« Ich dachte an Tante Leas Besuch im Laden neulich. Sie war durch die Vordertür hereingeflogen, hatte ihren Umhang um die Schultern gewirbelt und verkündet, dass sie schnell einen Liebeszauber mischen müsse, und dann war sie entsetzt gewesen, als sie sah, dass ich die hinteren Regale umgeräumt hatte.

Da sie mit ihrem Krebs zu kämpfen hatte, nahmen wir alle Rücksicht auf sie. Obwohl wir das ehrlich gesagt schon immer getan hatten, war das also keine wirkliche Änderung.

»Wie geht es ihr überhaupt?«, fragte Zoe. »Ich habe sie neulich Abend im Charm Café gesehen. Sie sah so elegant wie immer aus, aber ein bisschen müde.«

»Ich glaube, es geht ihr okay. Sie sagt nicht viel, aber sie geht jede Woche zur Chemotherapie. Jacob ist ein besserer Gradmesser. Du weißt, wie sehr sie ihn liebt. Er war neulich zum Abendessen bei meinen Eltern, und zum ersten Mal seit Monaten wirkte er weniger besorgt.«

»Gott, ich hoffe, es wird ihr gut gehen. Ich kann mir Charm Cove ohne Lea nicht vorstellen«, meinte Zoe.

Mein Herz zog sich ein wenig zusammen. Denn so sehr sie sich auch in mein Leben einmischte, ich liebte Tante Lea. Ganz zu schweigen davon, dass ich mir meine beiden Cousinen – ihre überraschenden, späten Zwillinge, Celia und Delia, dreizehn Jahre alt und voller Unfug und Chaos – nicht vorstellen konnte, die ohne ihre Mutter aufwachsen.

Ich nahm einen langsamen Schluck meines Kaffees. »Ich glaube, sie wird das überstehen.« Ich wechselte das Thema, weil ich nicht länger darüber nachdenken konnte, und fragte: »Also, abgesehen von Daniel, dem offiziellen Nachrichtenbringer der Ermittlung, was hast du in Bezug auf Klatsch über die Einbrüche gehört?«

»Das ist es ja eben. Niemand scheint etwas zu wissen. Wir waren gestern Abend essen und sogar die Kellnerin hat danach gefragt. Ich meine, abgesehen von Hexenfamilien sind alle besorgt. Fünf Einbrüche in einer Nacht. Das ist verrückt. Ich meine, was ist, wenn es nur ein zufälliger Zufall ist, dass es alles Hexenorte waren?«

»Irgendwie bezweifle ich das. Es fühlt sich einfach nicht so an. Bei jedem Ort, in den eingebrochen wurde, haben sie nicht die wertvollsten Gegenstände mitgenommen. Die beiden mächtigsten Zauberstäbe, die wir im Laden ausgestellt hatten, wurden nicht gestohlen. Wir wissen noch nicht alles, was fehlt. Die größte Sorge ist der Leuchtturm. Wer auch immer in diesen Leuchtturm eingebrochen ist, kannte sich aus. Sie haben sogar einige der alten Lagerstätten gefunden, die keiner von uns seit Jahrzehnten überprüft hat. Nathan schläft jetzt dort.«

Zoes Augen weiteten sich. »Wow. Ich frage mich, was sie wollten.«

Ich zuckte mit den Schultern, während die Sorge in meinen Gedanken kreiste. »Wer weiß? Penelope hat eine Liste von dem erstellt, was bisher fehlt. Sie planen, alles bis zu seinem Ursprung zurückzuverfolgen, Magie und alles.«

»Nun, wir sollten rübergehen und mit Nathan sprechen.«

»Meinst du?«

Zoe nickte entschlossen. »Oh ja. Versteh mich nicht falsch, ich überlasse es den älteren Hexen und Zauberern, den Wert von allem und seine Geschichte herauszufinden, aber lass uns ein wenig nachforschen und herausfinden, wer es gewesen sein könnte. Nathan hat diesen Leuchtturm seit fünf Jahren. Wir könnten genauso gut ein bisschen dort herumschnüffeln.«

»Klingt nach einem Plan.«

Die Glocke über der Tür klingelte, und ich schaute reflexartig in diese Richtung, um eine weitere Gruppe von Touristen zu sehen. »Ich muss zum Laden rüber«, sagte ich und warf einen Blick auf meine Uhr. »Um wie viel Uhr sollen wir uns treffen?«

»Ich rufe Nathan an und schreibe dir eine Nachricht.«

»Soll ich Liam mitbringen?«, fragte ich.

»Nimmst du ihn nicht überall mit hin?«, konterte Zoe mit einem verschmitzten Grinsen.

Zoe neckte mich einfach gern wegen Liam, was eine willkommene Abwechslung vom Druck meiner Familie war. »Also gut. Wir sehen uns dort. Sag mir einfach Bescheid, wann.«

KAPITEL SECHS

An diesem Nachmittag schickte ich Celia und Delia nach vorne, um dort zu arbeiten, während ich durch den Perlenvorhang in den Lagerraum im hinteren Teil von Persnickety Potions & Gifts ging. Die Zwillinge hatten einen wunderbaren Job gemacht und alles aufgeräumt, und jetzt musste ich herausfinden, welche Tränke gestohlen worden waren.

Auf meine Bitte hin hatten sie die Reihen von Trankflaschen alphabetisch auf dem langen Tisch im hinteren Bereich aufgestellt. Ich stellte nicht oft Tränke her, oder besser gesagt, ich hatte es jahrelang nicht getan. Meine Mutter, meine Tante und alle älteren Generationen von Hexen stellten sie oft zu Hause her. Jahrelang beaufsichtigte Tante Lea die, die wir hier im Laden verkauften.

Sie *liebte* es, Tränke herzustellen, und ihr Enthusiasmus hatte einen so massiven Lagerbestand geschaffen, dass ich mir nicht vorstellen konnte, in naher Zukunft zu viele herstellen zu müssen. Die Flaschen klimperten, als ich die Etiketten überprüfte und leise über die Namen lachte. Wir hatten reichlich *Liebe lässt die Welt sich drehen* und *Liebe findet immer einen Weg*. Wir hatten auch viel *Schluss mit Gelenkschmerzen* und *Bist du wütend auf jemanden? Zerschlage diese Flasche.*

Ich hatte die Mädchen gebeten, sie auch nach Alter zu sortieren. Die neueren Flaschen, die wir verwendeten, waren aus dekorativem hellblauem Glas. Einige der älteren Gläser waren flaschengrün, braun und sogar durchsichtig. Klares Glas wurde selten verwendet, wenn überhaupt nur deshalb, weil das Licht die Tränke beeinflussen konnte.

Während ich die Gegenstände überprüfte, holte ich eine Kiste mit ordentlich geführten Geschäftsbüchern, die Tante Lea mir gestern Abend gegeben hatte. Obwohl ich dazu neigte, sie wegen ihrer Unordnung zu necken, war sie eindeutig organisierter, als ich ihr zugetraut hatte. Jedes Geschäftsbuch war in Leder gebunden, enthielt liniertes Papier und listete jeden Trank auf, zusammen mit den verwendeten Zutaten und dem Herstellungsdatum. Es gab hier zehn Geschäftsbücher. Das Papier im ältesten war dünn, und die Schrift stammte eindeutig von einer Tintenfeder. Ich hielt Geschichte in meinen Händen.

Geschichte, Bestimmung, Schicksal und mehr waren Tag für Tag in den Stoff meines Lebens eingewoben. Dennoch war es leicht zu vergessen, wenn ich ein Smartphone in meiner Tasche trug. Hier in meinen Händen konnte ich das älteste Geschäftsbuch durchblättern und vermuten, dass meine vierte oder fünfte Urgroßmutter gewissenhaft die Tränke dokumentiert hatte, die sie hergestellt hatte.

Ich ließ mich auf einen der Hocker an der hinteren Theke sinken. Mit Hunderten und Aberhunderten von Tränken, die ich durchgehen musste, und einer akribischen Liste dessen, was da sein sollte, würde ich eine Weile beschäftigt sein.

Tante Lea hatte mir heute Morgen, als wir während meiner Fahrt plauderten, mitgeteilt, dass sie zwar vielleicht nicht hundertprozentig mit dem Inventar im Computer auf dem neuesten Stand war, aber dass sie in ihren Notizbüchern makellose Notizen geführt hatte. Sie war auch zuversichtlich, dass alle vor ihr dasselbe getan hatten. Wir verkauften nur die neueren Tränke im Laden und hatten allmählich versucht, alle Verkaufsartikel in ein computergestütztes Inventarsystem einzugeben. Unter den Hexenfamilien tauschten wir oft alte Tränke aus, wenn sie benötigt wurden, aber Tante Lea versicherte mir, dass sie selbst diese Details dokumentiert hatte und glaubte, dass jede Hexe, die vor ihr den Laden geleitet hatte, dasselbe getan hatte.

Das Gewicht der Erwartung traf mich, als ich die Reihen über Reihen von Flaschen und die penibel geführten Geschäftsbücher betrachtete. Ich trug jetzt die gleiche Verantwortung und musste ihr gerecht werden.

Ich beschloss, zunächst die Sachen für den Verkauf zu sortieren, weil das am einfachsten sein würde. Wir verkauften viel, aber die Verkaufsartikel waren alle in den neueren Flaschen und laut Tante Lea auf die beiden neuesten Geschäftsbücher beschränkt.

Nach einigen Stunden war ich zuversichtlich, dass ich wusste, was fehlte - nur zwei Flaschen von zwei verschiedenen Tränken. Meine Sorge war, wie mächtig sie in Kombination waren.

Ein Kribbeln lief meinen Rücken hinauf, ein Prickeln floss über meine Schultern und Arme bis zu meinen Fingerspitzen. Irgendetwas war im Gange. Wir mussten nur herausfinden, was es war.

Um eine Pause zu machen, ging ich nach vorne, um nach den Zwillingen zu sehen. Celia unterhielt sich mit ein paar Kunden und half ihnen in der Schmuckabteilung. Als ich zwischen den Zwillingen hin und her schaute, konnte ich nicht anders als lächeln. Mit schwarzem Haar, lebhaften blauen Augen, porzellanfarbener Haut und rosigen Wangen waren sie identisch. Beide waren eher rundlich und absolut bezaubernd.

Abgesehen davon, dass sie gelegentlich Unfug anstellten, waren sie gute Mitarbeiterinnen, und sie murrten nicht zu sehr, als ich den Laden von ihrer Mutter übernahm. Anfangs hatten wir eine Anpassungsphase, weil ich mit ihnen etwas strenger war als Tante Lea. Aber jetzt hatten wir uns in ein Muster eingefunden. Delia stand hinter der Theke an der Kasse und tat genau das, worum ich sie gebeten hatte - das Inventar zu aktualisieren und eine Tabelle im Computer zu erstellen.

Da die Zwillinge, wie die meisten Kinder ihres Alters, schnell am Computer waren, dachte ich, wir könnten den Übergang abschließen, den Großteil unseres Inventars in den Computer einzugeben. Tante Lea wollte nicht, dass ich das für die älteren Sachen tat, und ich verstand das vollkommen. Es war nicht sicher, uralte Tränke aufzulisten, auf die jemand online zugreifen könnte.

Ich lehnte mich neben Delia an die Theke. »Wie läuft's?«

»Großartig«, sagte sie, drehte sich zu mir um und zeigte mir die

Tabelle, die sie erstellt hatte, wobei ihre Wangen rosa wurden, als ich sie dafür lobte.

»Das sieht perfekt aus. Wie läuft das Geschäft?«

»Gut besucht. Wir hatten die üblichen Touristen beim Einkaufen, aber mehr Einheimische als sonst. Ich glaube, die Leute sind neugierig wegen der Einbrüche«, sagte sie.

»Hast du etwas Neues erfahren?«, fragte ich.

Die Zwillinge waren von Natur aus neugierig und immer mittendrin. Ich hatte beschlossen, diese Eigenschaften sinnvoll zu nutzen, und sie gebeten, so neugierig wie möglich zu sein. Die Zwillinge waren Experten darin, ohne Scham so viele Fragen zu stellen, wie sie wollten, wann immer sie wollten.

»Eine Sache«, sagte Delia mit einem Funkeln in ihren Augen. »Diese Dame kam herein, und sie ist definitiv nicht von hier. Irgendwie wusste sie von all den Einbrüchen in der Stadt und fragte danach. Das schien mir seltsam. Was meinst du?«

»Nun, ich weiß nicht, was ich denken soll«, antwortete ich und meinte genau das. Es könnte nichts gewesen sein, oder es könnte etwas gewesen sein. »Wie sah sie aus?«

»Sie hatte braungraues Haar und blaue Augen, und sie war ziemlich dünn.«

»Weißt du, woher sie kam?«

»Ja. Ich habe gefragt, und sie sagte, sie sei aus New Hampshire. Um sicherzugehen, folgte ich ihr nach draußen, als sie ging, und ihr Nummernschild war aus New Hampshire«, antwortete Delia mit einem Nicken.

»Hmm«, war so ziemlich alles, was ich dazu zu sagen hatte. »Nun, wenn sie zurückkommt, stelle einfach weiter Fragen. Du hast nicht zufällig die Nummer ihres Nummernschilds bekommen, oder?«

Delia grinste. »Natürlich habe ich das!« Mit Schwung holte sie ein kleines Stück Notizbuchpapier hervor und reichte es mir.

»Und warum hast du gewartet, mir das zu erzählen?«, fragte ich mit einem Grinsen.

»Sie ist erst vor ein paar Minuten gegangen.«

»Okay, bleib du hier vorne. Ich werde ein paar Anrufe tätigen.«

Als ich nach hinten zurückkehrte, rief ich schnell Daniel an, den

Polizeichef. Nachdem ich ihm die Informationen weitergegeben hatte, überlegte ich, ob ich versuchen sollte, der Frau zu folgen. Während ich darüber nachdachte, rief Daniel mich zurück. »Habe gerade das Kennzeichen überprüft. Es ist Abby Proctor. Sie kommt aus New Hampshire, aber ihre Familie besitzt hier ein Sommerhaus. Ich werde rausfahren und nachsehen, ob jemand dort ist. Jag ihr heute nicht hinterher«, warnte er.

»Daniel, was bringt dich auf die Idee, dass ich das tun würde?«

»Weil ich dich und deine ganze verdammte Familie kenne.«

Sein Tonfall war gutmütig, aber ich wusste, dass er gerne das Gefühl hatte, die Kontrolle über die Dinge zu haben, also beschloss ich, ihm vorerst zu Gefallen zu sein. Ich kehrte zum Arbeitstisch zurück, räumte alle neueren Tränke wieder an ihren Platz in die Regale und wandte mich dann den Hunderten von älteren Tränken zu. Das würde zeitaufwendiger sein.

Ich zog den Stapel Geschäftsbücher zu mir herüber und dachte über das nach, was Tante Lea mir darüber erzählt hatte, wie diese aufbewahrt wurden. Sie wurden in der Kiste aufbewahrt, die sie mir gegeben hatte, die durch Magie geschützt war, und sie nahm sie nur mit in den Laden, wenn sie sie brauchte. Wenn die Geschäftsbücher nicht bei ihr waren, bewahrte sie die Kiste in einem durch Magie geschützten Safe in ihrem und Jacobs Haus auf.

Es war nicht so, als ob ich dachte, dass diese Geschäftsbücher einfach so herumlagen, aber die Schutzmaßnahmen erinnerten mich an den Wert der alten Informationen, die darin enthalten waren.

Hauptsächlich aus Neugier zog ich das älteste Geschäftsbuch vom Boden des Stapels. Es war in schweres braunes Leder gebunden, das auf Hochglanz poliert war. Als ich es aufschlug, stieg der Duft von altem Papier zu mir auf. Akribische Schriftzeilen lagen vor mir. Als ich vorsichtig die Seiten umblätterte und das Ende erreichte, bemerkte ich, dass ein kleines, gefaltetes Stück Papier im hinteren Teil des Buches versteckt war.

Ich zog es sehr vorsichtig heraus und entfaltete es behutsam. Es war ein altes Stück Konzeptpapier, vergilbt und verblasst, das eine Liste von Familiennamen enthielt. Die Liste schien nach Städten gruppiert zu sein - Salem, Boston, North Salem und Sturbridge.

Es gab viele bekannte Namen - die Wickeds, die Goods, die Bishops, die Levesques, die Bakers und mehr. Es war fast wie ein Stammbaum von Hexen.

Was Hexenfamilien betrifft, so waren viele von ihnen riesig. Bei dem alten Zauber, der vor Jahrhunderten gesprochen wurde, dass in jeder Generation ein Wicked und ein Good heiraten sollten, könnte man sich fragen, ob wir uns Sorgen machten, dass sich Blutlinien kreuzen könnten. Als dieser Zauber gesprochen wurde, waren beide Familien bereits riesig mit weit reichenden Verzweigungen. Es war ziemlich chaotisch, den Überblick über die verschiedenen Generationen zu behalten, die sich mit jeder Generation weiter ausbreiteten.

Jedenfalls schweife ich ab. Als ich die Liste und die Städte durchsah, wurde mir klar, dass ich wahrscheinlich eine Liste von Hexenfamilien vor mir hatte, die vor, während und nach der Hexenhysterie aus Salem weggezogen waren und wohin sie umgezogen waren. Als ich die Liste durchging, fielen mir Namen auf, die ich noch nie gesehen hatte.

Obwohl die Hexenwelt viel umfangreicher war, als viele wussten, war sie im großen Ganzen immer noch klein. Die Namen, die mir am vertrautesten waren, waren die Familien, die nach Charm Cove gekommen waren. Ich lehnte mich vor, zog mein frisches Notizbuch vor mich und notierte schnell die Liste genau so, wie sie geschrieben war. Es kam nicht in Frage, dass ich dieses kleine Stück Papier mit mir herumtragen würde, aber zumindest wusste ich, was darauf stand. Was ich herausfinden musste, war das Warum. Ein Abschnitt von Namen war mir nicht bekannt, und ich hatte vor, meine Mutter und Tante Lea danach zu fragen.

Nachdem ich das Stück Papier wieder dorthin zurückgelegt hatte, wo es im alten Geschäftsbuch versteckt gewesen war, überprüfte ich, ob eines der anderen Notizbücher etwas im hinteren Teil enthielt. Da ich nichts anderes entdeckte, machte ich mich wieder an die Arbeit. Als ich fertig war, hatte ich zwei weitere fehlende Tränke entdeckt, beides uralte Tränke, die seit Generationen von meiner Familie verwendet wurden.

Ich räumte alles für die Nacht weg, holte den kleinen Aufbewahrungsbehälter für die Geschäftsbücher heraus und sprach schnell einen Versteckzauber darüber. Mit einem Flick meines Handgelenks verschwand die Box. Wenn du nicht zufällig ein Mitglied meiner Familie wärst, könntest du nicht sehen, dass ich etwas Magisches bei mir hatte, als ich es für die Nacht mit nach Hause nahm.

Nachdem ich mich bei Celia und Delia erkundigt hatte, war ich erfreut zu sehen, dass sie den Laden bereits für das Schließen vorbereitet hatten. Ich winkte zum Abschied, als Tante Lea vorbeikam, um sie abzuholen. Nach einer kurzen Besprechung mit ihr vereinbarten wir, dass ich am nächsten Abend zum Abendessen vorbeikommen würde, um zu besprechen, was ich erfahren hatte. Sie wollte es heute Abend besprechen, aber die Zwillinge hatten eine Schulaufführung, die sie nicht verpassen wollte.

Ich schloss die Vordertür ab und drehte das Schild im Fenster auf *Geschlossen*, dann ging ich durch den ruhigen Laden und überprüfte, ob alles an seinem Platz war. Es war komisch, aber wenn mir jemand vor ein paar Monaten gesagt hätte, dass ich mich so schnell damit abfinden würde, beim Führen des Familienladens zu helfen, hätte ich dir ins Gesicht gelacht.

Aber das war, bevor sich viele Dinge geändert hatten. Ich hatte es die ganze Zeit vermisst, zu Hause zu sein. Von Charm Cove weg zu sein erforderte, das eigentliche Wesen dessen zu verbergen, wer ich war. Doch ich konnte stur sein, und das war ich sicherlich gewesen. Ich hatte zu lange an einem Job festgehalten, den ich hasste. Dieser alberne Liebeszauber, der schief gegangen war, hatte mich nach Hause gebracht, wenn auch nur für ein Wochenende.

Dieser Wochenendausflug hatte eine Reihe von Ereignissen in Gang gesetzt, einschließlich des Verlusts meines Jobs und der Wiederverbindung mit der Magie, die ich zu ignorieren versucht hatte. Da war all das und das Wiedersehen mit Liam. Ich hatte nicht gewusst, dass er sich nach einer sehr kurzen Ehe scheiden ließ. Jetzt fühlte es sich an, als ob mein Leben einen anderen Weg einschlug - einen, der sowohl vertraut als auch unbekannt war.

Ich schüttelte den Kopf. Meine Kindheit war von Zeit in diesem Laden geprägt gewesen, und ich liebte es hier. Es fühlte sich irgendwie wie zu Hause an. Ich dachte über die fehlenden Tränke nach und fragte mich, was die anderen Teile des Puzzles uns verraten würden. Ich überprüfte noch einmal den vorderen Bereich und stellte sicher, dass ich die Außenlichter anließ. Normalerweise tat ich das nicht, aber alle Ladenbesitzer in der Innenstadt waren wegen der jüngsten Reihe von Einbrüchen übervorsichtig. Persnickety Potions & Gifts und The Ink Spot waren bisher die einzigen bekannten Geschäftsziele, aber niemand sonst wollte auf die Liste gesetzt werden.

The Ink Spot gab es noch länger als unseren Laden. Es war das erste dokumentierte Geschäft in Charm Cove und befand sich immer noch an seinem ursprünglichen Standort. Es war eine Druckerei, die von den Bishops betrieben wurde, einer weiteren Hexenfamilie, die kurz nach den Wickeds und Goods nach Charm Cove gekommen war.

Die Bishops waren in gewisser Weise ein wenig von unseren Familien abgegrenzt. Sie waren etwas weniger mächtig, aber nur um ein Haar. Nur ein Mitglied ihrer Familie hatte an dem Treffen am Leuchtturm neulich Abend teilgenommen. Als Familie schmerzten sie noch ein wenig wegen Sally und Raes Beteiligung an Alvins Tod.

Da der Laden ruhig war, überprüfte ich die Schlösser hinten und ging dann mit der versteckten Box in meiner Hand. Ich musste sie nicht tragen. Sie blieb an meiner Seite, während ich ging. Mein Auto war auf der anderen Seite des Stadtparks geparkt. Charm Cove, wie viele kleine Neuengland-Städte, war gebaut worden, lange bevor es Autos gab. Niemand hatte damals den für Autos notwendigen Platz eingeplant, daher war Parken in der Innenstadt ein Privileg. Obwohl unser Laden einen kleinen Parkplatz auf der Rückseite hatte, nutzten wir ihn im Frühjahr bis Herbst nie. Der Parkplatz musste für Käufer frei bleiben.

Die Dunkelheit brach herein, die Luft war frisch und kühl, und die Herbstblätter flatterten an den Bäumen, als ich über die Grünfläche ging und den Schieferpflastersteinen folgte. Ich hielt inne, um tief durchzuatmen und mich umzusehen. Straßenlaternen gingen an, und Menschen gingen immer noch auf den Bürgersteigen und wagten sich in die Restaurants und Cafés, die die Straßen unserer winzigen Innenstadt säumten.

Als ich wieder anfing zu gehen, lief ein Kribbeln meinen Rücken hinauf, meine Arme hinunter und in meine Fingerspitzen. Das war mein Signal. Als ich mich umsah, spürte ich, dass mir jemand folgte. Aber es waren gerade genug Menschen unterwegs, dass ich niemanden finden konnte, der verdächtig aussah. Unbehagen durchfuhr mich. Da ich mich unwohl fühlte und mir bewusst war, dass ich eine mächtige Kiste und eine Fülle von Familiengeschichte in der Hand hielt, beschloss ich, dass ein wenig mehr Magie angebracht war. Mit einem Flick meines Handgelenks wirbelte ich Rauch in die Luft, verschwand darin und landete innerhalb von Sekunden direkt in meinem Auto.

Ich hielt inne, um mich zu sammeln und sicherzustellen, dass ich alles hatte, was ich brauchte. Die Box war direkt neben mir und schimmerte im dämmrigen Licht. Ich fuhr schnell nach Hause. Ich überlegte, Liam auf dem Heimweg anzurufen, aber ich wusste, dass er vorbeikommen würde, wie er es jetzt fast jeden Abend tat.

Sobald ich zu Hause ankam, eilte ich hinein und verstaute die Box sofort im Safe in einem der Küchenschränke. Dann sprach ich einen weiteren Zauber, um den Safe im Schrank zu verstecken.

Ghost war gar nicht zufrieden mit mir. Er hatte es geschafft, auf meiner Schulter zu landen, aber ich hatte nicht angehalten, um ihn zu streicheln, wie ich es normalerweise tat. Er saß jetzt auf der Theke, sein langer weißer Schwanz zuckte hin und her.

»Tut mir leid, Ghost«, sagte ich, als ich mich ihm näherte. »Ich musste mich zuerst um etwas kümmern.«

Als ich mit meinen Fingern zwischen seinen Ohren kratzte, fing er sofort an zu schnurren, und alles war vergeben. Nachdem ich ihn gefüttert hatte, wollte ich gerade Liam anrufen, als ich ein schnelles Klopfen an der Tür hörte und er dann hereintrat.

Als ich zu ihm hinüberblickte, machte mein Herz diesen lustigen kleinen Sprung, den es immer machte, wenn ich ihn sah. Obwohl ich meinen Kindheitsschwarm für ihn nie ganz überwunden hatte und in der Highschool heftig für ihn geschwärmt hatte, fühlten sich die Dinge jetzt anders an. Er war älter und weiser, und ich war es auch. Diese Weisheit war es, die mich leicht zurückhielt, wenn ich den Druck in Betracht zog, dem wir von unseren jeweiligen Familien ausgesetzt waren.

Liam und mir war von klein auf gesagt worden, dass wir dazu bestimmt waren zu heiraten und unser Schicksal zum *Wohle der Hexen und aller* erfüllen mussten. Dieser Zauber, der vor Jahrhunderten von zwei Matriarchinnen gesprochen wurde, bestimmte, dass sich in jeder

Generation ein Wicked und ein Good verlieben würden. Die nachfolgenden Ehen würden den Frieden zusammenhalten, der nach fast hundert Jahren Fehde zwischen den Familien geschmiedet worden war.

Da war Druck, und da war mein eigenes albernes Durcheinander, nachdem ich versehentlich ein Haus in Boston niedergebrannt hatte, als ich eifersüchtig wurde.

Trotz alledem musste Liam nur einen Raum betreten, und Flattern wirbelte in meinem Bauch. Mit seinen klassisch gutaussehenden Zügen war er sehr angenehm anzusehen. Sein Mund verzog sich in der Ecke, als er mich mit Ghost auf der Theke sitzen sah.

»Hey«, sagte er, als er sich mir näherte, senkte seinen Kopf und fing meine Lippen in einem schnellen Kuss ein.

»Wie war dein Tag?«, fragte ich, als er sich zurückzog.

Er zuckte mit den Schultern. »Nichts Besonderes. Habe mich mit einem Haufen Zahlen herumgeschlagen. Und deiner?«

»Nun, er war ereignisreich. Ich fange damit an, wie er endete. Ich bin ziemlich sicher, dass jemand versucht hat, mir zu folgen, nachdem ich den Laden verlassen habe.«

Liams Augen weiteten sich, und er ließ sich auf einen Hocker neben mir nieder, Besorgnis zeichnete seine Züge. »Was ist passiert?«

»Weißt du noch, wie ich dir erzählt habe, dass Tante Lea mir all diese Geschäftsbücher für den Laden gegeben hat, die bis in die späten 1600er Jahre zurückreichen?« Als er nickte, fuhr ich fort: »Sie gab sie mir in einer geschützten Box, damit ich alles im hinteren Bereich inventarisieren und herausfinden konnte, was gestohlen worden war. Ich habe alle durchgesehen und diese kleine Notiz im hinteren Teil von einem gefunden mit all diesen Namen.« Ich hielt inne und griff nach meiner Handtasche, zog den Schnipsel Papier heraus, auf den ich die Liste von Namen gekritzelt hatte. »Bevor ich den Laden verließ, legte ich die Geschäftsbücher zurück in ihre Box und sprach einen Zauber, um sie unsichtbar zu machen. Als ich ging und über die Grünfläche lief, bin ich mir sicher, dass mir jemand folgte. Ich teleportierte mich in mein Auto und fuhr nach Hause. Ich kann nicht sagen warum, und es war nichts mehr als ein Gefühl, aber ich glaube, wer auch immer mir folgte, will diese Geschäftsbücher.«

Liam schwieg, und dann nickte er. »Vielleicht, aber was war darin außer dem Inventar der Tränke für den Laden?«

»Jedes Buch enthält ein detailliertes Inventar, das bis zur Eröffnung des Ladens zurückreicht. Mit detailliert meine ich nicht nur Listen von Tränken, sondern wann sie hergestellt wurden, wer sie hergestellt hat und welche Zutaten in jedem verwendet wurden.«

»Das wäre wertvoll für jemanden, der wüsste, was damit zu tun ist«, erwiderte er mit nachdenklichem Blick. »Und du hast nicht gesehen, wer dir gefolgt sein könnte?«

Ich seufzte und schüttelte den Kopf. »Du weißt, wie viel los ist in der Innenstadt zu dieser Jahreszeit. Überall auf den Bürgersteigen waren Leute, also konnte ich es nicht sagen. Ich verschwand in mein Auto und fuhr nach Hause. Die Box ist jetzt im Safe eingeschlossen, den Lea mitgeschickt hat. Der hat sein eigenes magisches Schloss, und dann habe ich einen Schutzzauber darüber gesprochen. Selbst wenn jemand weiß, wo ich wohne, wird er heute Nacht nicht hineinkommen.«

»Gut. Ich frage mich, ob du sie nicht so bald wie möglich an Lea und Jacob zurückgeben solltest. Ich weiß, wir sind mächtig, aber sie sind definitiv mächtiger.«

»Oh, ich stimme völlig zu. Sie hatten heute Abend eine Aufführung für die Zwillinge, aber ich plane, sie morgen früh mit zur Arbeit zu nehmen und dann morgen Abend zum Abendessen zu Lea und Jacob zu fahren. Willst du mitkommen?«

Ich rutschte vom Hocker und ging um die Theke herum, um Liam ein Bier zu holen, weil ich ihm noch gar kein Getränk angeboten hatte.

»Hast du schon zu Abend gegessen?«, fragte ich, während ich ihm eine Flasche Bier über die Theke zuschob.

Als er den Kopf schüttelte, öffnete ich den Kühlschrank erneut und überlegte, was ich kochen sollte. Wir waren in ein ziemlich bequemes Muster verfallen. Er kam fast jeden Abend vorbei, obwohl er nicht immer über Nacht blieb.

Heute Abend wollte ich, dass er bleibt.

»Ich habe noch Reste von der Lasagne, die ich neulich Abend gemacht habe. Hast du Lust darauf?«, fragte ich über meine Schulter.

»Natürlich.«

Ich holte sie heraus und schaltete den Ofen ein, um sie aufzuwärmen. In der Zwischenzeit nahm er den Schnipsel Papier mit den Namen darauf und begann, sie durchzulesen. »Die meisten davon sind bekannt«, murmelte er.

»Ja. Es gibt nur zwei, die ich nicht erkenne«, erklärte ich, während ich mir ein Glas Wein einschenkte und die Lasagne in den Ofen schob. »Burroughs und Proctor. Ich habe diese Namen schon einmal gehört, aber nicht in Verbindung mit Hexen. Du?«

Ich setzte mich wieder auf den Hocker ihm gegenüber und genoss beiläufig den glänzenden Fall seiner dunklen Haare über seine Stirn, als er sich vorbeugte und die Liste durchlas. Liam schüttelte langsam den Kopf, als er wieder aufblickte. »Definitiv nicht Burroughs, was Hexen betrifft. Es ist jedoch ein häufiger Nachname in Boston. Aber ich habe schon einmal von der Familie Proctor gehört. Ich muss nachprüfen, aber ich denke, diese Familie war in die Hexenprozesse von Salem verwickelt.«

»Wirklich?«

Sein Mund kräuselte sich in einer Ecke. »Ich denke schon, aber lass mich bei meiner Mutter nachfragen. Du weißt, sie ist die Königin der Genealogie.«

Gütiger Himmel. Er sollte nicht so grinsen. Es brachte meinen Bauch zum Flattern.

Passenderweise ging der Ofentimer los. Wir beendeten die übrig gebliebene Lasagne, die Unterhaltung ging weiter, und wir zogen auf die Couch um. Ich war vollkommen glücklich damit, für den Abend Wiederholungen von Comedy-Shows zu sehen. Manchmal war das Entkommen ins Fernsehen eine enorme Erleichterung.

Zu wissen, dass übernatürliche Kräfte die ganze verdammte Zeit am Werk waren, konnte ermüdend sein, wenn man nicht sicher war, was passierte.

KAPITEL SIEBEN

Als ich am nächsten Morgen aufwachte, wurde mir klar, dass Liam mich ins Bett getragen haben musste. Er war längst weg, und Ghost saß auf der Bettkante und schaute mich an. Ich rollte mich auf die Seite und streckte meine Hand aus, um ihm zu signalisieren, dass er näher kommen sollte. Ghost war mittlerweile ein Weichei, wenn es um jede Art von Zuneigung ging. Er war anfangs einen guten Monat lang abweisend zu mir gewesen, aber er hatte inzwischen beschlossen, dass Zuneigung dem Ignorieren weit überlegen war. Er schlenderte zu mir herüber und rieb seine Wange kurz an meinen Knöcheln, bevor er vom Bett sprang und aus dem Zimmer flitzte. Das war mein Signal aufzustehen.

Nachdem ich Ghost gefüttert und mich für die Arbeit fertig gemacht hatte, fuhr ich in die Stadt, um mir bei Magic Beans einen Kaffee zu holen. Als ich mit meinem Kaffee in der Hand über die Grünfläche lief, kam Beatrice mit ihrer Powerwalking-Gruppe um die Ecke gestürmt. Sie sahen so energiegeladen aus, dass ich mich richtig faul fühlte.

Beatrice wich von ihrer Strecke ab, als sie mich sah, und schnitt in einem schnellen Winkel über die Grünfläche. Mit fliegenden Ellbogen kam sie vor mir zu einem rutschenden Halt.

»Guten Morgen, Moira«, sagte sie forsch.

Ich war noch ein bisschen schläfrig, weil mein Kaffee noch nicht gewirkt hatte. Beatrices summende Energie war ein bisschen zu viel, wie von einer Windböe umgeworfen zu werden. Ich nahm einen Schluck von meinem Kaffee und schaffte ein Lächeln. »Guten Morgen, Beatrice. Ich sehe, Sie sind zu Ihrem Spaziergang unterwegs.«

Beatrice nickte, ihr silbernes Haar glänzte in der Sonne und ihre blauen Augen funkelten. Sie trat näher und beugte sich zu mir. »Ich wollte Ihnen mitteilen, dass ich heute Morgen etwas gesehen habe«, flüsterte sie verschwörerisch.

»Oh? Was war es denn?« Ich wusste nicht, wie viel vager sie noch hätte sein können. Ich meine, ich hatte selbst heute Morgen schon einige Dinge gesehen.

»Nun, wie Sie wissen, habe ich diese Laufgruppe. Aber mein Haus ist direkt da drüben«, sagte sie und deutete in die Richtung, wo ihr Haus an der Ecke stand. Wie in vielen neuenglischen Städten lag die Grünfläche von Charm Cove mitten im Stadtzentrum. Die Grünflächen waren ursprünglich als zentraler Versammlungsort gedacht und dienten immer noch diesem Zweck. Charm Coves Grün hatte eine weitläufige Rasenfläche mit verstreuten Bäumen, Bänken an jeder Ecke und einigen Blumenbeeten.

Vier Straßen bildeten ein perfektes Quadrat um die zentrale Grünfläche. Die Hauptdurchgangsstraße in der Stadt war der Charming Way, der die Main Street und die Good Lane kreuzte. Gegenüber vom Charming Way lag der Wicked Way. Denn ja, unsere Vorfahren konnten einfach nicht an sich halten.

Beatrices Familie gehörte zu den Gründerfamilien von Charm Cove. Zusammen mit den Wickeds und den Goods waren sie in den ersten zehn Jahren oder so hierher gezogen. Beatrice wohnte immer noch im ursprünglichen Familienhaus, das gleich hinter einigen Geschäften am Charming Way lag. Das Erdgeschoss ihres Hauses war an eine Schokoladen- und Süßwarenfabrik vermietet, während sie im Obergeschoss wohnte.

Das Haus bot einen ausgezeichneten Blick auf die Grünfläche, und ich konnte nicht glauben, dass ich sie nicht schon früher danach gefragt hatte. Obwohl ich mir vorstellte, dass sie geschlafen hatte, als die Einbrüche passierten. »Sie haben wirklich einen ausgezeichneten Blick auf die Grünfläche von dort aus. Was haben Sie gesehen?«

Sie lehnte sich noch näher heran und senkte ihre Stimme fast zu einem Flüstern. Als ich mich umschaute, sah ich niemanden in der Nähe. Ihre Powerwalking-Gruppe war weitergezogen. »Nun, da war ein Mann, den ich noch nie gesehen habe. Er ging alle vier Straßen der Grünfläche entlang und dann durch die Mitte.«

Ich war mir nicht sicher, ob das eine Offenbarung war, da Charm Cove vom Frühling bis zum Herbst voller Touristen war. Ich sah jeden Tag Menschen, die ich noch nie gesehen hatte, aber ich würde anbeißen. »Wann?«

»Heute Morgen. Ich habe ihn gestern Morgen auch gesehen, aber da war es später und andere Leute waren unterwegs, also habe ich mir nichts dabei gedacht. Heute Morgen war es kaum nach Sonnenaufgang, und die Straßenlaternen waren noch an.«

»Wie sah er aus?«

»Großer Kerl mit salzigem und pfeffrigem Haar. Dünn wie eine Latte. Gütiger Himmel, dieser Mann könnte etwas Nahrung gebrauchen.«

Ich biss mir auf die Innenseiten meiner Wangen, um nicht zu lachen. Beatrice selbst konnte leicht von einer Windböe weggeweht werden.

»Und Sie haben ihn noch nie zuvor gesehen?«

»Definitiv nicht.«

»Nicht um unhöflich zu sein, Beatrice, aber wir haben heutzutage tonnenweise Laubgucker hier. Sind Sie sicher, dass es nicht einfach ein Tourist war?«

»Ich glaube nicht, Liebes. Ich vertraue meinem Bauchgefühl, und mein Bauchgefühl sagt mir, dass dieser Mann nichts Gutes im Schilde führt.«

»Okay.«

Obwohl Beatrice ein bisschen schrullig sein konnte und sich definitiv übermäßig auf ihre Powerwalking-Gruppe konzentrierte, war sie eine Hexe und war einst ziemlich mächtig gewesen. Nachdem ihr Mann vor ein paar Jahren verstorben war, hatte sie sich in der Hexenwelt mehr zurückgezogen. Trotzdem vertraute ich ihrem Urteil, also wenn sie spürte, dass etwas im Busch war mit wem auch immer sie gesehen hatte, hatte sie wahrscheinlich recht.

»Du solltest die Augen offen halten«, fügte sie hinzu. »Ich werde es auf jeden Fall tun. Ich muss zurück zu meinem Spaziergang.«

Sie drehte sich weg und stürmte davon. Ich nippte an meinem Kaffee, während ich zum Laden ging. Ich war bei weitem keine faule Person, aber Beatrices Tempo ließ mich wie eine Schnecke fühlen.

Da heute Montag war, erwartete ich die Hilfe der Zwillinge im Laden erst nach der Schule. An diesem Morgen setzte ich mich im vorderen Bereich hin, um die Inventur der Tränke fortzusetzen. Ich brachte immer nur ein Tablett mit Flaschen nach vorne, während ich sie durchzählte und sorgfältig mit dem Inventar abglich.

Als die Zwillinge am Nachmittag kamen, hatte ich das gesamte Inventar durchgesehen. Interessanterweise entdeckte ich, als ich die verschiedenen Tränke sortierte, dass aus jedem Jahrhundert zwei fehlten – zwei aus den späten 1600er Jahren, den späten 1700er Jahren, den späten 1800er Jahren, den späten 1900er Jahren und dann zwei aus den 2000er Jahren. Insgesamt fehlten zehn Tränke. In jedem Fall waren es die gleichen zwei aus jedem Jahrhundert.

Wenn jemand sie kombinieren würde, würden sie einen Trank erschaffen, um verlorene Macht zurückzugewinnen. Dieses Gefühl der Vorahnung kribbelte wieder meinen Rücken hinauf, meine Arme hinunter und bis in meine Fingerspitzen.

Als die Zwillinge da waren, brachte ich die Tränke zurück in den Lagerbereich, legte die Hauptbücher wieder in ihre Kiste und sprach einen weiteren Schutzzauber darüber.

———

An diesem Abend ging ich über die Schiefersteinplatten zur Haustür meiner Eltern. Wenn ich sie besuchte, lief ich immer von meinem Kutschenhaus hinüber. Obwohl das Kutschenhaus auf dem Familiengrundstück lag, war es von ihrem Haus aus nicht sichtbar. Es lag hinter einem kleinen Wäldchen.

Das Haus meiner Eltern stand auf einer Klippe mit Blick auf den Atlantischen Ozean. Die Innenstadt von Charm Cove und der Hafen waren in der Ferne zu sehen. Das alte Kolonialhaus war in den 1700er Jahren erbaut worden. Unnötig zu sagen, dass es seitdem renoviert worden war. Die Verkleidung war ein sanftes Salbeigrün mit einem leuchtend roten Edelstahldach, was dem stattlichen Haus ein fröhliches Gefühl verlieh.

Als ich durch die rote Haustür trat, betrat ich die große Eingangshalle. Die untergehende Sonne schien durch die Fenster neben der Tür und ließ das polierte Holzgeländer der Treppe glänzen, die sich an der Wand entlang nach oben schlängelte. Eine große Küche und ein Esszimmer lagen auf der einen Seite des Flurs gleich hinter der Eingangshalle, während ein formeller Salon und ein kleineres Wohnzimmer auf der anderen Seite lagen. Das Innere des Hauses hatte immer noch ein klassisches Gefühl, obwohl es ebenfalls modernisiert worden war. Kastanienholzböden waren auf Hochglanz poliert, und hohe Fenster säumten jede Wand. Pastell-Akzente im ganzen Haus hoben die taubengraue Farbe an den Wänden hervor.

Mit der Hauptbuchkiste neben mir, versteckt in ihrem verbergenden Zauber, ging ich durch die Eingangshalle den Flur hinunter und in die Küche. Als ich durch die Tür in die Küche trat, hörte ich Liams Stimme zusammen mit der meiner Mutter und dann Tante Leas Antwort. Einen Moment lang dachte ich, der arme Liam wäre der einzige Mann hier mit ihnen. Nicht dass er sich nicht selbst behaupten könnte, aber es war eine sichere Wette, dass sie ihn ärgern würden, wenn das der Fall wäre. Als die Tür hinter mir zuschlug, hörte ich das tiefe Brummen der Stimme meines Vaters und schaute hinüber, um ihn am Tisch in der Fensterecke mit Liam sitzen zu sehen.

Eine große Insel in der Mitte der Küche lud die Leute ein, sich auf den Hockern zu entspannen, die sie umgaben. Hinter der Insel befand sich ein Holzofen, den meine Mutter immer noch benutzte, weil sie schwor, dass es keinen besseren Weg gab, Brot zu backen. Allerdings hatte sie auch einen neueren Propanofen auf einer Seite. Eine schöne Aussicht auf den hinteren Rasen mit Charm Cove in der Ferne war durch die Fenster über dem Schieferspülbecken zu sehen, das zwischen den beiden Öfen stand. Der Raum war einladend und warm.

Liam saß am Tisch und unterhielt sich mit meinem Vater. Meine

Mutter und Tante Lea standen an der Küchentheke und nippten an Wein, während meine Mutter etwas auf dem Herd umrührte.

»Nun, hallo, Liebes«, rief Tante Lea und hob ihre Hand, um die Brille auf ihrer Nase zu richten, wobei ihre Armreifen klirrten. Der Klang erinnerte mich an mein eigenes Armband mit Anhängern. Ich bemerkte es kaum noch, genau wie zuvor.

Tante Lea trug einen weinroten Rock, der in einem Wirbel um ihre Knöchel fiel, mit einem Paar schwarzer Lederstiefel und einer eng anliegenden cremefarbenen Bluse. Ein roter Essstäbchen hielt ihr Haar oben auf ihrem Kopf. Sie war wie immer das Bild der Eleganz.

Meine Mutter schaute auf, schenkte mir ein Lächeln und schaltete dann den Brenner aus. Sie und Tante Lea sahen sich bemerkenswert ähnlich mit schwarzem Haar, das von Silber durchzogen war, und funkelnden grünen Augen. Ich hatte geschlussfolgert, dass ihre Ähnlichkeit im Aussehen einfach daran lag, dass sie beide Hexen waren, da sie Schwägerinnen waren und keine Schwestern. Mit einigen Ausnahmen waren dunkle Haare und grüne oder blaue Augen bei Hexen unglaublich verbreitet. Meine Mutter trug ihr Haar häufiger offen, und heute Abend fiel es in lockeren Wellen um ihre Schultern. Sie trug auch einen langen Rock, obwohl ihrer marineblau war. Sie hatte ihn mit einem legereren, lockeren T-Shirt kombiniert.

Sie strahlten eine Art Hippie-Eleganz aus, die durch beide Seiten meiner Familie zu laufen schien. Ich hatte versucht, sie abzuschütteln, als ich nach New York City zog, aber es war schwer abzuschütteln. Ein urbanerer Look hatte mir nicht gut gestanden. Ich trug eher Jeans und T-Shirts als sie.

»Hi, Tante Lea. Hey, Mama«, sagte ich, als ich die Theke erreichte. Ich winkte meinem Vater und Liam zu, als beide zu mir schauten, aber sie schienen in ein tiefes Gespräch verwickelt zu sein. Mit einer Handbewegung löste ich den Schutzzauber um die Kiste, bevor ich sie auf die Theke stellte.

»Hier ist sie. Ich habe alles inventarisiert«, sagte ich und suchte Tante Leas Blick. »Ich muss sagen, ich war mir nicht so sicher, ob alles drin sein würde, aber es ist da. Nun, außer dem, was gestohlen wurde.«

Tante Lea lächelte. »Natürlich, Liebes. Ich weiß, dass du besorgt warst, dass ich die Dinge nicht zu organisiert halte, aber ich habe das genauso getan wie alle vor mir. Deine Mutter und ich haben mit Penelope darüber gesprochen, dass wir dich absolut dabei unterstützen, das aktuelle Inventar zu digitalisieren. Aber wir denken wirklich nicht, dass es eine gute Idee ist, das für die älteren Sachen zu tun.«

»Oh, absolut. Das ergibt für mich vollkommen Sinn. Auf diese Weise wird es einfacher sein, all die Kleinigkeiten im Einzelhandelsteil des Ladens im Auge zu behalten. Vielleicht sollten wir die Tränke gar nicht inventarisieren.«

Meine Mutter meldete sich zu Wort. »Oh nein. Du musst alle diese lächerlich benannten Tränke inventarisieren. Wir haben es seit Jahrhunderten getan, also können wir jetzt nicht aufhören.«

»Ich meinte, dass wir sie nicht im Computer inventarisieren sollten«, stellte ich klar. »Die Informationen sind zu wertvoll, und wir wollen nicht, dass jemand darauf zugreifen kann.«

Tante Lea hatte Spaß mit Tränken, seit das Interesse an natürlichen Heilmitteln und New-Age-Produkten explodiert war. Die erste Welle war in den 1960er und 1970er Jahren gewesen, aber dann nahm es wirklich an der Jahrhundertwende zu. Tante Lea übernahm das Zepter und hatte der Familie geholfen, Unmengen an Geld mit Tränken und Heilmitteln zu verdienen, da die neueste Mode keine Anzeichen einer Abschwächung zeigte.

Persnickety Potions & Gifts blieb ziemlich beschäftigt, ebenso wie Beauty Bewitched, das von Opal Good geführt wurde. Die beiden Läden waren nicht wirklich in Konkurrenz zueinander. Unsere Familie konzentrierte sich auf Tränke, natürliche Heilmittel, Schmuck und kleine Schmuckstücke. Opals Laden hatte mehr Schönheitsprodukte. In gewisser Weise ergänzten sie sich und wir schickten uns oft gegenseitig Kunden. Trotz der alten Gerüchte über eine Fehde zwischen den Familien, mag es ein paar Jahrhunderte des Friedens gedauert haben, aber unsere Familien unterstützten sich jetzt größtenteils gegenseitig.

Ich deutete auf die Kiste, die die Hauptbücher enthielt. »Also, da hast du sie. Wie ich dir heute früher am Telefon gesagt habe, dachten Liam und ich, dass du und Jacob das Ding irgendwo fest verschließen solltet. Vielleicht sollten wir noch ein paar zusätzliche Zauber darauf wirken, wenn es versteckt ist.«

Meine Mutter kicherte, als sie sich umdrehte, um nach dem zu sehen, was sie im Ofen hatte.

»Ist das Muschelsuppe und frisches Brot, das ich rieche?« fragte ich.

»Natürlich ist es das. Ich habe das und etwas Hummersuppe gemacht. Dein Vater hat heute frischen Hummer mitgebracht«, antwortete meine Mutter. Sie schaute zum Erkerfenster hinüber und warf meinem Vater eine Kusshand zu.

Sie waren immer noch lächerlich romantisch miteinander. Ich hatte mich daran gewöhnt, aber trotzdem.

»Ich dachte, wir sollten über die Tränke reden, die, wie ich entdeckt habe, fehlen«, fügte ich hinzu.

»Lass uns erst am Tisch zusammensetzen«, sagte Tante Lea und gestikulierte mit ihren Händen in Richtung Tisch, wobei sie mich praktisch wegscheuchte.

»Ich kann helfen«, bot ich an.

»Nicht nötig, Liebes«, rief meine Mutter, als sie Suppenschüsseln aus dem Küchenschrank holte, und Tante Lea begann, Suppe in sie zu schöpfen.

Sie ließen mich das frische Brot schneiden, das meine Mutter aus dem Ofen holte. Innerhalb weniger Minuten saßen wir alle in der Küchenecke. Dieses Haus hatte, wie die meisten neuenglischen Häuser, ein formelles Esszimmer, aber wir nutzten es selten. Im Gegensatz zu vielen Häusern hatten wir es tatsächlich als Esszimmer behalten. Meine Eltern liebten es gelegentlich, dort große Versammlungen zu haben, aber es lag auf der anderen Seite des Flurs. Nichts anderes war dort außer einem massiven Tisch und Stühlen und einem Sideboard für Porzellan.

Die meisten Familienmahlzeiten wurden hier in der Küche eingenommen. Die Küchenecke war nicht wirklich eine Ecke, weil das dreiseitige Erkerfenster genug Platz für einen runden Tisch mit sieben Stühlen bot. Das Fenster blickte über die Klippe zum Ozean. Als wir uns am Tisch niederließen, schaute ich aus dem Fenster, und mir stockte der Atem in der Kehle.

Der Atlantische Ozean erstreckte sich in die Ferne. Die Sonne war von hier aus nicht direkt sichtbar, da das Haus nach Osten ausgerichtet war. Doch die Reflexion der untergehenden Sonne war herrlich, der

Himmel war mandarinfarben und violett gefärbt, als die Sonne ihren Bogen machte und ein Aquarell zurückließ. Möwen riefen und schwankten über der Klippe, als das Abendlicht verblasste.

Als ich mich zurückdrehte, bemerkte ich Liams Augen auf mir, und ich spürte, wie meine Wangen leicht erröteten. Ich hätte fast mit den Augen gerollt. Er war weit weniger aufgeregt als ich wegen unseres angeblichen Schicksals. Er hatte sogar gesagt, er dachte schon, ich sollte aufhören, mir darüber Sorgen zu machen.

Mit einem Ruck zwang ich mich, mich auf den Moment zu konzentrieren. Ich musste nicht über mein Schicksal nachgrübeln. Vorerst hatten wir Abendessen mit den scharfen Augen meiner Mutter, meiner Tante und meines Vaters auf uns gerichtet.

»Nun, Liebes«, sagte meine Mutter, »lass uns auf den Punkt kommen. Was fehlte im Laden?«

Ich griff in die Tasche meiner Jeans und zog den Papierschnipsel heraus, auf dem ich die zehn fehlenden Tränke aufgelistet hatte. »Hier habt ihr es. Insgesamt fehlten zehn, fünf Paare von zwei. Schaut es euch an und seht, ob ihr zur selben Schlussfolgerung kommt wie ich.«

Meine Mutter und Tante Lea saßen in einem Winkel gegenüber. Beide lehnten sich vor, um es anzusehen. Sie schauten fast gleichzeitig auf, ihre Augen weit.

»Oh mein Gott. Jemand versucht, Macht zurückzugewinnen«, sagte meine Mutter leise.

»Wir müssen wissen, was sonst noch fehlt«, fügte Tante Lea hinzu.

»Nun, was wissen wir darüber? Ich meine, es gab einen Plan, das nach dem Treffen im Leuchtturm zu verfolgen«, sagte ich und schaute zwischen meiner Mutter und meinem Vater hin und her.

Mein Vater, Gabriel Wicked, war ruhig und würdevoll und ließ meine Mutter meistens reden. Wenn er sprach, hörten die Leute zu. Er lehnte sich nach einem Bissen Suppe in seinem Stuhl zurück und verengte seine Augen. »Ich habe unsere Bibliothek überprüft, und das Zauberbuch, das fehlt, ist eines, das jemand nützlich finden würde, wenn er versucht, Macht für eine Familie zurückzugewinnen, die sie verloren hat. Was den Rest betrifft...« Seine Worte verloren sich, als er zu meiner Mutter schaute.

Meine Mutter verdrehte die Augen. »Wir wissen, was uns fehlt.

Opal kam heute vorbei und informierte mich über das, was ihnen fehlt, aber ich habe nichts von Nathan vom Leuchtturm gehört. Ich sagte Liam gerade, dass er wirklich runterkommen und mit ihm sprechen sollte. Wir haben auch nichts von Albert Bishop aus dem Laden The Ink Spot gehört. Ich habe das Gefühl, dass sie immer ihre Nase leicht beleidigt haben.«

Ich schaute zu Liam und zog fragend eine Augenbraue hoch. Er zuckte mit einer Schulter, beantwortete die Frage, die ich nicht laut gestellt hatte. »Ich werde Nathan heute Abend anrufen. Du kennst Nathan. Er macht sich nicht viel Sorgen. Ganz zu schweigen davon, dass ich mir nicht sicher bin, ob er weiß, was fehlt. Dieser Leuchtturm ist wie sein eigenes persönliches Museum«, sagte er.

Tante Lea tauchte ein Stück Brot in ihre Suppe, nahm einen Bissen und schaute sich am Tisch um. Nachdem sie geschluckt hatte, nickte sie nachdrücklich. »So wahr über den Leuchtturm. Wir hätten besser aufpassen sollen. Dieser Ort ist einfach... Nun, er ist seit Ewigkeiten hier. Er ist so groß, und es ist leicht, den Überblick zu verlieren, was dort ist. Ganz zu schweigen davon, dass es dort eine Million Verstecke gibt. Wir gehen hin, sobald Nathan sagt, dass es in Ordnung ist, eine gründliche Bestandsaufnahme dessen zu machen, was übrig ist, und sicherzustellen, dass wir tatsächlich dokumentieren, was dort ist. Ich glaube, wir wurden alle ein bisschen nachlässig damit, weil nichts dergleichen seit Jahrhunderten passiert war.«

Niemand kommentierte das weiter, aber Verbrechen, die auf Hexen abzielten, hatten während der hundertjährigen Fehde zwischen den Wickeds und den Goods einen Allzeithöchststand erreicht. Das war beendet worden, als der Heiratszauber gesprochen worden war. Seitdem war nicht viel passiert, was Hexen betraf, die andere Hexen angreifen, um Macht zu stehlen oder Gegenstände, die Macht enthielten.

Das Abendessen ging weiter und wechselte zu leichteren Themen. Nachdem mein Vater gegangen war, um in seinem Arbeitszimmer einen Whiskey zu trinken, und Liam dazu eingeladen hatte, blieb ich in der Küche, um meiner Mutter und Tante Lea beim Aufräumen zu helfen.

Ich schaute zu Tante Lea, schloss die Spülmaschine und blickte dann von ihr zu meiner Mutter. »Also, was ist der Plan mit diesen Zauberbüchern? Nun, die Ladenhauptbücher sind nicht wirklich Zauberbücher, aber sie sind es irgendwie. Es scheint, dass wir für diese eine strenge Sicherheit beibehalten müssen, wenn jemand daran interessiert ist. Glaubt ihr, sie sind hier sicherer oder bei dir?« fragte ich und schaute sie beide an.

Tante Lea und meine Mutter schauten sich an und zuckten dann beide mit den Schultern. »Ich denke, es spielt keine Rolle. Wir sind beide mächtig genug, um es verschlossen, versteckt und vor fast jedem, der es will, geschützt zu halten. Ich denke, hier, wenn nur, weil du genug zu tun hast«, sagte meine Mutter, und ihr Blick wurde nüchtern, als sie sprach.

Abgesehen von einem kleinen Zusammenbruch vor einigen Monaten, als Tante Lea endlich offenlegte, dass bei ihr Krebs diagnostiziert worden war, wurde selten darüber gesprochen.

Tante Lea schnaubte und schüttelte dann ihren Kopf, ihre Augen so hell, dass ich mich fragte, ob dort Tränen waren. »Das ist in Ordnung. Es geht mir besser, weißt du. Die Chemo wirkt, obwohl ich sie hasse«, sagte sie mit einem kleinen Schauder.

Meine Mutter trat zu ihr und zog sie in eine schnelle Umarmung. »Ich hoffe es. Ich frage nicht gern, und ich weiß, dass du es vorziehst, nicht darüber zu sprechen, aber danke, dass du es uns mitteilst.«

Tante Lea schaute zu uns. »Egal was passiert, stellt sicher, dass ihr uns wissen lasst, welchen Zauber ihr benutzt, um sie zu verstecken. Auf diese Weise kann Jacob, wenn etwas schief geht, es zu seiner Quelle zurückverfolgen.«

Es half Jacob immer, wenn er wusste, wonach er suchte. In diesem Fall, wenn er wusste, was meine Eltern benutzten, um die Kiste zu schützen, würde er wissen, was jemand tun müsste, um sie zu brechen.

Meine Mutter nickte entschieden. »Natürlich werden wir das.«

Ich schnappte mir einen weiteren Bissen Brot, während ich meine Hüften gegen die Theke lehnte. Meine Mutter schaute in meine Richtung und wechselte dann schnell das Thema. »Also, Liebes, wie stehen die Dinge mit Liam?«

Ich machte mir nicht einmal die Mühe, innerlich zu stöhnen. »Oh Mann, Mama. Könntest du uns nicht einfach normal sein lassen?«

Tante Lea stützte ihre Hand auf ihre Hüfte, ihre Armbänder klingelten. »Liebes, du kannst dem Schicksal nicht für immer ausweichen.«

Daraufhin drehte sie sich weg. »Ich gehe nach Hause. Ich habe Jacob versprochen, dass ich nicht zu spät sein würde«, rief sie. Mit einem Winken schlug die Küchentür hinter ihr zu, die Absätze ihrer Stiefel hallten auf dem Boden wider, als sie den Flur entlangging.

Meine Mutter schüttelte einfach ihren Kopf, trat an meine Seite und drückte einen Kuss auf meine Wange. »Gute Nacht, Liebes. Lass Liam dich bitte nach Hause begleiten.«

Manchmal hatte ich das Gefühl, in der Vergangenheit zu leben. Nicht weil es sich tatsächlich so anfühlte, sondern wegen der Art, wie meine Familie handelte. Die Geister der Vergangenheit hielten die Gegenwart in ihren Zähnen in der Hexenwelt, und ich nahm an, das würde immer so sein. Alles wurde durch die Jahrhunderte bei Hexen weitergegeben, und jede Handlung hatte Bedeutung.

Ich hatte versucht, davor wegzulaufen, aber es holte mich ein, und es war mir nicht mehr wichtig, davor wegzulaufen. Der Preis dafür war zu hoch.

Mein Schicksal wartete auf mich, genoss einen Whiskey im Arbeitszimmer mit meinem Vater.

Ich ging, um ihn zu finden.

KAPITEL ACHT

Einige Tage vergingen ohne große Neuigkeiten in der Ermittlung. Meine Eltern versuchten immer noch, Informationen über alles, was gestohlen worden war, zu sammeln. Sie hatten die Grundlagen, abgesehen von den Gegenständen aus The Ink Spot und dem Leuchtturm, aber sie waren mit der Arbeit beschäftigt, die Herkunft nachzuverfolgen. Einige Familien führten detaillierte Aufzeichnungen über Gegenstände, die mit Magie durchdrungen waren, während andere nachlässiger damit umgingen.

In der Zwischenzeit gab es keine neuen Einbrüche, und ich hatte keine weiteren Vorfälle, bei denen ich das Gefühl hatte, verfolgt zu werden, wenn ich den Laden verließ. Auf dem Weg zur Arbeit hielt ich eines Morgens mit einer Liste von Dingen bei Hardware Charm an. Liam hatte angeboten, eine Katzenklappe für Ghost in meinem Kutscherhaus zu installieren. Wir hatten uns bisher damit beholfen, ein Fenster für Ghost offen zu lassen. Er hatte freien Zugang zu meinem Grundstück, dem Haus meiner Eltern und dem alten Hausmeisterhäuschen, in dem Liam wohnte, wenn er nicht bei mir war. Angesichts Ghosts ungezwungener Einstellung vermutete ich, dass er weit und breit umherstreifte. Ich wollte eine bessere Option als ein offenes Fenster für ihn, damit er nach Belieben ein- und ausgehen konnte.

Mit meiner Liste in der Hand betrat ich Hardware Charm. In mancherlei Hinsicht sah der Laden aus, als wäre er in der Zeit eingefroren. Wie viele der Geschäfte in der Innenstadt befand er sich im unteren Stockwerk eines alten Hauses. Holzregale säumten die Wände mit ordentlichen handgeschriebenen Etiketten. Die Besitzer hatten die ursprünglichen glänzenden Holzböden behalten. Hoch oben drehte sich träge ein Deckenventilator. Selbst bei dem kühleren Herbstwetter lief er noch.

Ich bahnte mir einen Weg durch den Laden mit einem kleinen Korb über dem Arm und sammelte alles ein, was Liam auf die Liste gesetzt hatte. Als ich den Bereich durchsuchte, wo Nägel und Schrauben mehrere Regale einnahmen, sagte jemand meinen Namen. Als ich über meine Schulter blickte, sah ich Isobel Martin auf mich zukommen.

Isobel lächelte, ihre runden Wangen wurden runder und ihre Augen kräuselten sich in den Augenwinkeln. Mit ihrem braunen Haar und braunen Augen erinnerte mich Isobel schon immer an ein kleines braunes Huhn. Ich bezweifelte, dass sie das als Kompliment auffassen würde, aber ich fand sie niedlich.

Sie war auch neugierig wie die Hölle, also bezweifelte ich nicht, dass sie mir gleich Klatsch und Tratsch mitteilen würde. Normalerweise ging ich darauf ein, wenn auch nur, weil es dazu diente, mit Isobel freundlich zu bleiben. Sie war immer eine gute Informationsquelle. An diesem Morgen hoffte ich auch, dass sie etwas Nützliches haben könnte. Bei ihr brauchte es keine Aufforderung. Sie kam gleich auf den Punkt, und dieser Morgen war keine Ausnahme.

Sie hielt neben mir mit ihrem Korb an, beugte sich zu mir und sprach mit verschwörerischem Flüstern. »Also, da dein Laden eines der Opfer war ...« Sie machte eine Pause für den Effekt, während ich darüber nachdachte, wie ein Geschäft überhaupt Opfer von irgendetwas sein konnte. »Ich habe eine Theorie.«

Sie lehnte sich zurück, das war mein Stichwort, sie zum Weitermachen aufzufordern. Sie liebte dramatische Pausen. »Was wäre das, Isobel? Ich brenne darauf, es zu erfahren.«

»Nun, ich glaube, es waren Sally und Rae.«

Sally und Rae, die Bishop-Zwillinge, waren die unbeabsichtigten Verursacher von Alvins versehentlichem Ertrinken gewesen. Die Zwillinge waren ältere Damen, gelangweilt und für sich allein nicht die mächtigsten Hexen. Doch wenn Zwillinge ihre Kräfte vereinten, hatte alles mehr Macht. Ich erinnerte mich, dass Isobel meiner Cousine gegenüber etwas über Sally und Rae gesagt hatte, aber ich hatte seitdem nicht mehr daran gedacht.

Ich hatte absolut keine Ahnung, warum Isobel dachte, dass sie es getan hätten. Aber ich würde anbeißen. »Was in aller Welt bringt dich auf diesen Gedanken, Isobel?«

Sie stützte eine Hand auf ihre Hüfte, presste die Lippen zusammen und nickte langsam. »Nun, weißt du, sie waren beschämt wegen allem, was mit Alvin passiert ist. Ich meine, meine Güte, es war einfach lächerlich! Schau dir all die Leute an, auf die sie es bei den Einbrüchen abgesehen hatten. Es waren alle Leute, die geholfen haben, ihr Verbrechen aufzuklären. Sie haben zwei Dinge erreicht«, sagte sie, hob ihren Zeigefinger und deutete damit direkt zur Decke hinauf. »Erstens war es eine Möglichkeit, sich an den Leuten zu rächen. Und zweitens ...« Ihr zweiter Finger ging hoch, nur für den Fall, dass ich nicht zählen konnte. »Es ist eine Möglichkeit, die Aufmerksamkeit von ihnen abzulenken. Seien wir ehrlich. Sie waren in einem Liebesdreieck und haben ihren Liebhaber getötet. Ich meine, es ist Monate her, und die Leute reden immer noch darüber. Sie sind Mörderinnen«, flüsterte sie heftig, ihre Augen weit aufgerissen, förmlich vibrierend vor dem wahrgenommenen Skandal.

Ich konnte nicht anders, als geneigt zu sein, sie zu korrigieren. »Isobel, sie wurden wegen Sachbeschädigung und Unfalltod angeklagt und verurteilt. Du weißt, dass sie nicht beabsichtigten, ihn zu töten, oder?«

Ich wäre die Erste, die zustimmen würde, dass es nicht in Ordnung war, jemandem schaden zu wollen, so wie Sally und Rae es bei Alvin getan hatten. Isobel hatte ganz Recht, dass es der Skandal des Jahrzehnts in Charm Cove war - zwei Zwillinge, die mit einem älteren verheirateten Mann anbandelten, den sie versehentlich mit einem Stolperzauber töteten. Ja, es war saftig, aber sie hatten nicht vorgehabt, den armen Alvin zu ermorden.

Unbeeindruckt seufzte Isobel und zuckte mit einer Schulter, bevor sie schließlich die beiden Finger fallen ließ, die sie hochgehalten hatte. »Das Ergebnis war das gleiche. Ich weiß, es war ein Unfall, aber meine Güte, diese beiden Frauen haben ihren Liebhaber getötet. Wer weiß? Vielleicht hatten sie sogar einen Dreier, und wir wissen es einfach nicht.«

Ich musste mir auf die Innenseite meiner Wangen beißen, um nicht zu lachen. Nach einem Moment und einem tiefen Atemzug gelang es mir, meinen Gesichtsausdruck gerade zu halten. »Nun, ich nehme an, das sind potenzielle Motive. Vielleicht solltest du mit Daniel darüber reden«, schlug ich vor.

Ich glaubte nicht, dass diese Motive viel Gewicht hatten, aber ich war bereit, ihr zu Gefallen zu sein. Ich hatte genug auf meinem Teller, dass ich nicht diejenige sein musste, die dies zu Daniel brachte.

Isobel lächelte strahlend. »Du hast Recht«, sagte sie und beugte sich wieder zu mir. »Ich werde gleich zu ihm gehen und mit ihm sprechen, sobald ich hier fertig bin.«

»Tu das. Vielleicht bist du einer Sache auf der Spur.«

Wie auch immer, dies würde sie sich wichtig fühlen lassen. Alles, was sie mir gegenüber gesprächig hielt, war in Ordnung. Isobel eilte davon, und ich widmete mich wieder der Suche nach den Materialien für Ghosts Katzenklappe.

Später am Nachmittag im Laden schob sich einer der Zwillinge durch den Perlenvorhang nach hinten. Glaub's oder nicht, ich war damit beschäftigt, einige Tränke zuzubereiten. Es war nichts, was ich oft tat, da wir sicherlich mehr als genug hatten, aber wir mussten einige besonders beliebte Tränke auffüllen, die meisten davon Liebeszauber.

»Moira!«, rief Delia.

Ich sah zu ihr hinüber und fragte: »Ja?«

»Isobel Martin ist hier, um dich zu sehen. Sie sagt, es sei wirklich wichtig«, erklärte Delia und wackelte mit den Augenbrauen und grinste.

Obwohl die Zwillinge gerne tratschten, kannten sie Isobels Ruf und fanden sie amüsant.

Ich goss eine kleine Menge des Liebestranks, den ich herstellte, in eine kleine blaue Glasflasche und schraubte vorsichtig einen Deckel darauf, bevor ich aufstand. »Ich komme«, antwortete ich, als der Perlenvorhang sanft hinter Delia klimperte, als sie nach vorne zurückkehrte.

Ich fand Isobel in der Ecke bei den Schmuckstücken. Sie kam oft herein, um Ringe und Charmarmbänder zu kaufen. Isobel war selbst eine Hexe, aber ihre Familie hatte nicht viel Macht. Die meisten Familienmitglieder waren eher flatterhaft, sodass sie nicht die Disziplin hatten, ihre Fähigkeiten zu verfeinern und mächtiger zu werden.

»Was kann ich für dich tun, Isobel?«, fragte ich, als ich mich ihr näherte.

Sie schaute von der Schmuckvitrine auf, vor der sie stand. »Hallo, Moira«, sagte sie fröhlich, bevor sie einen Blick durch den Laden warf, als wolle sie feststellen, wer hier zuhören könnte.

Celia beschäftigte sich mit einer Kundin in der Abteilung für Gesundheit und Schönheit, während Delia hinter dem Tresen stand und die Kasse bediente. Wir waren im Moment nicht sehr beschäftigt.

Isobel stützte eine Hand auf ihre Hüfte und senkte ihre Stimme. »Nun, ich habe mit Daniel gesprochen.«

»Oh, hast du?«

Sie nickte langsam, offensichtlich zufrieden mit sich selbst. »Ja. Während er meine Ideen über die möglichen Motive für sehr gut hielt, wies er darauf hin, dass sie auf Bewährung sind. Weißt du, wegen des Mordes?«

Als ob ich das in der kurzen Zeit, seit ich sie heute Morgen gesehen hatte, vergessen haben könnte. »Also haben sie Fußfesseln an. Das wusste ich nicht einmal«, sagte sie, offensichtlich erfreut, dieses Detail entdeckt zu haben.

Ich hatte dieses Detail früher nicht berücksichtigt, obwohl ich auch nicht viel Zeit damit verbracht hatte, darüber nachzudenken. Doch angesichts der Tatsache, dass ihre Überwachungsarmbänder Daniel wissen lassen würden, ob sie an einem der Einbruchsorte gewesen wären, schloss es sie eindeutig als Verdächtige aus.

»Daran habe ich gar nicht gedacht. Daniel hat Recht. Ich meine, es können nicht sie gewesen sein, da ihr Aufenthaltsort überwacht wird.«

Isobel nickte fest. Obwohl Daniel ihre Theorie prompt zerschmettert hatte, ließ sie sich dadurch offensichtlich einbezogen fühlen.

»Jedenfalls weiß ich, dass du ein Auge auf die Dinge hast, also wenn du auf etwas anderes kommst, solltest du jemanden informieren«, bot ich an.

»Oh, absolut.«

»Gibt es etwas, womit ich dir im Laden helfen kann?«, fragte ich.

»Ich liebe diesen Ring hier«, sagte sie, drehte sich um, um sich über die Schmuckvitrine zu beugen, und tippte auf das Glas. Ein ziemlich auffälliger silberner Ring mit einem Rubin lag in der Mitte der Vitrine.

»Willst du ihn anprobieren?«

Sie lächelte breit. Ich umrundete die Vitrine und nahm ihn heraus, damit sie ihn anprobieren konnte. Kurz darauf verließ sie den Laden mit ihrem neuen Ring, der an ihrer Hand glänzte. Nachdem sie gegangen war, kehrte ich nach hinten zurück, um die Tränke zu beenden, die ich herstellte.

Etwa eine halbe Stunde vor Ladenschluss kam Celia eilig nach hinten, der Perlenvorhang klimperte hinter ihr. »Moira! Du musst nach vorne kommen«, flüsterte sie laut.

In ihrem Ton lag ein Hauch von Besorgnis. Ich stellte die letzte Flasche mit Trank, die ich für den Tag gefüllt hatte, ab und drehte mich zu ihr um, von dort, wo ich am Arbeitstisch saß. »Was ist los?«

»Da ist eine Frau vorne«, flüsterte sie. »Es ist dieselbe Frau, die wir neulich gesehen haben, die mit dem Kennzeichen aus New Hampshire.«

»Okay, und ...?«, fragte ich, während ich den Verschluss auf die Flasche setzte und sie dem Gestell mit fertigen Tränken hinzufügte.

»Nun, sie schaut sich die Zauberstäbe an. Ich meine, so, als hätte sie sich schon sehr lange angeschaut.« Celia sprach immer noch in einem lauten Flüstern, ihre Augen weit aufgerissen und ihre Worte kamen schnell heraus. »Sie stellt eine Menge Fragen. Es ist, als ob sie denkt, sie wären wirklich magisch. Was sollen wir tun?«

»Mach einfach weiter mit dem, was du tust. Ich komme gleich nach vorne. Halte sie beschäftigt, damit sie nicht geht«, sagte ich, als Celia sich abwandte. Sie gab mir ein kleines Winken und eilte dann zurück nach vorne.

Ich war ohnehin kurz davor, für den Tag fertig zu werden. Ich befestigte die letzten zwei Etiketten an den blauen Flaschen für *Liebe wird einen Weg finden*, einem unserer beliebtesten Tränke. Nachdem ich alles weggeräumt und mir schnell die Hände im Waschbecken gespült hatte, ging ich wieder nach vorne.

Die betreffende Frau sprach mit Delia in dem Bereich, in dem wir eine Reihe von hölzernen Dekorationsartikeln hatten. Dieser Bereich umfasste Gebetsperlen, Räucherstäbchenhalter, Zauberstäbe und mehr. Die Frau trug Jeans mit einem lockeren T-Shirt, gepaart mit klobigen schwarzen Lederschuhen, und strahlte eine praktische, bodenständige Ausstrahlung aus. Als sie sich umwandte, um in meine Richtung zu blicken, fielen mir sofort ihre Augen auf. Ich fühlte einen Schock des Wiedererkennens in meinem Körper, dieses vertraute Kribbeln, das meinen Rücken hochlief und meine Arme hinab bis in meine Fingerspitzen kribbelte.

Wer auch immer sie war, sie hatte die klaren blauen Augen eines Good. Sie mochte im technischen Sinne kein Mitglied der erweiterten Good-Familie *sein*, doch ich hatte keinen Zweifel daran, dass mindestens ein Mitglied der Good-Familie irgendwo in ihrem Stammbaum existierte. Ich würde diese Augen überall erkennen. Ich sah kein Aufflackern des Erkennens in ihrem Blick, als sie mich sah. Sie lächelte einfach höflich.

Delia sagte etwas zu ihr über den Zauberstab, den sie in der Hand hielt, und die Frau sah sie mit einem Lächeln an. Sie gingen zur Kasse, wo Celia wartete. Beide Zwillinge hatten leuchtende Augen und rosa Wangen und vibrierten vor Neugier. Als ich sie beobachtete, wurde mir klar, dass ich mit ihnen darüber sprechen musste, daran zu arbeiten, ruhig zu bleiben, wenn sie von etwas begeistert waren. Sie waren sehr aufgeregt darüber, herauszufinden, wer für die Einbrüche verantwortlich war, und plauderten ununterbrochen darüber, wann immer sie einen freien Moment hatten.

Als die Frau sich der Kasse näherte, begrüßte ich sie. »Hallo, wie geht es Ihnen? Ich hoffe, Sie haben alles gefunden, was Sie brauchen.«

»Oh, das habe ich, vielen Dank. Ich liebe diesen kleinen Laden. Ich war letzte Woche auch hier.«

»Nun, das hören wir gerne. Kommen Sie aus der Gegend?«, fragte ich zurück.

»Nicht wirklich. Ich habe ein Ferienhaus hier von einem Familienmitglied geerbt, also bin ich für einen Monat hergekommen. Ich war zwischen Jobs, daher schien es eine gute Zeit zu sein, um das Haus zu besichtigen.«

»Oh, wo ist Ihr Haus?«, fragte ich. »Nicht, um neugierig zu sein, aber wir sind Einheimische, und wir mögen es, wenn sich alle willkommen fühlen. Wir lieben es besonders zu wissen, wenn neue Familien in die Stadt zurückkommen.«

Die Frau nickte und rückte ihre Brille auf ihrer Nase zurecht. Sie hatte kurzes dunkles Haar mit silbernen Sprenkseln. Ihre Gestalt war schlank, und ihre Gesichtszüge waren scharf, ihre Nase fast spitz. Trotz der Strenge ihres Aussehens war sie hübsch.

»Ich war noch nie in dem Haus, bis ich letzte Woche herkam. Eine Cousine meiner Mutter besaß es, aber sie hatte nie Kinder, also als sie starb, hinterließ sie mir das Haus. Es kam völlig überraschend. Soweit ich weiß, war niemand aus der Familie jemals in dem Haus, seit sie ein kleines Mädchen war, was über fünfzig Jahre her ist. Also bin ich hier.«

»Wenn es Sie nicht stört, dass ich frage, wo ist das Haus?«, fragte ich, kreuzte die Finger hinter meinem Rücken und hoffte, dass es ihr nichts ausmachte, meine Fragen zu beantworten.

Sie lächelte, als sie zwei Zauberstäbe und einige andere Gegenstände auf den Tresen legte. Celia begann sofort, sie einzutippen, und fragte sie, ob sie etwas eingepackt haben wollte.

»Oh ja, bitte. Nur Seidenpapier zum Schutz wird reichen«, antwortete sie. Mit einem Blick zurück zu mir antwortete sie auf meine Frage: »Es ist das große alte rote Haus auf der Klippe außerhalb der Stadt. In der Nähe des Leuchtturms, eigentlich. Ich wurde letzte Woche ein wenig besorgt, als ich von diesen Einbrüchen hörte, aber bisher scheint alles in Ordnung zu sein. Es stand lange leer, also braucht es viel Arbeit. Nach allem, was wir herausfinden konnten, kam die Cousine meiner Mutter im Sommer mit ihren Eltern hierher. Sie starben, als sie ein kleines Mädchen war, und sie wurde zu einem anderen Verwandten geschickt. Wenn jemand von dem Haus wusste, hat es niemand genutzt.«

»Oh«, sagte ich und biss mir auf die Zunge, um mich davon abzuhalten, sie mit Fragen zu überhäufen. Die Räder in meinem Gehirn drehten sich.

Das einzige alte rote Haus, das ich in der Nähe des Leuchtturms kannte, soll eines der ersten Häuser in Charm Cove gewesen sein. Es stand tatsächlich schon so lange leer, wie ich mich erinnern konnte. Alle vermuteten, dass es ursprünglich einer Hexenfamilie gehört hatte. Wenn das stimmte, bedeutete es, dass diese Frau möglicherweise von Hexen abstammte. Ich hatte keine Ahnung, ob sie eine Ahnung von ihrer potenziellen Familiengeschichte hatte.

Trotz meines ursprünglichen Verdachts von letzter Woche, als wir von dieser Frau hörten, spürte ich nichts Ungewöhnliches an ihr. Sie schien harmlos genug, aber ich hatte sie gerade erst kennengelernt.

Celia fing meinen Blick auf, da sie uns unterbrechen musste, um die Frau fertig zu bedienen. Ich nickte, blieb still, als Celia ihr die Summe nannte und sie bezahlte. Die Frau hatte zwei wunderschöne Zauberstäbe ausgewählt, beide ohne eingebettete Magie. Sobald Celia die Gegenstände an Delia übergab, um sie nach hinten zu bringen und einzupacken, folgte ich ihr und sprach schnell einen Auslöschungszauber über sie aus, bevor ich einen von ihnen gegen einen anderen aus dem hinteren Bereich austauschte. Um sicherzugehen, würde dies, falls diese Zauberstäbe jemals Magie enthalten hatten, diese neutralisieren.

Delia schaute über ihre Schulter. »Was machst du da?«, fragte sie.

»Ich stelle sicher, dass absolut keine Magie mehr darin ist, und überprüfe diesen, um zu sehen, warum sie so daran interessiert war. Ich liebe euch Mädchen, aber ihr seid dafür bekannt, gelegentlich praktische Scherze mit den Zauberstäben zu spielen. Ich beschuldige euch nicht. Ich bin nur vorsichtig.«

Delia kicherte und zuckte mit den Schultern. »Stimmt. Ich glaube nicht, dass wir je etwas mit diesen gemacht haben, aber es ist gut, sicherheitshalber zu prüfen.«

»Ich werde hier hinten alles fertig machen, okay?«

Delia nickte, während sie das Seidenpapier um die Zauberstäbe wickelte und sie dann in eine schlanke, dekorative Papiertüte legte.

»Macht schon mal alles für den Ladenschluss bereit«, rief ich, kurz bevor sie nach vorne ging.

Ich traf schnell die Entscheidung, Magie zu benutzen, um in das Haus dieser Frau einzudringen, vorzugsweise bevor sie nach Hause kam. Mit einem Blick auf die Uhr über der Tür sah ich, dass wir noch fünf Minuten bis zum Ladenschluss hatten.

Schnell rief ich Emma an, um zu bestätigen, dass sie unterwegs war, um ihre beiden jüngeren Schwestern abzuholen.

»Ich stehe bereits vor dem Laden«, sagte sie lachend. »Was ist die Eile?«

»Nun, diese Frau aus New Hampshire ist hier, und ich habe gerade herausgefunden, wo sie wohnt. Ich denke, Hexen besaßen früher dieses Haus, also werde ich ein bisschen schnüffeln gehen.«

Emma keuchte. »Ist das dein Ernst?«

»Natürlich bin ich ernst. Keine Sorge, es wird schon gut gehen. Wenn es dir nichts ausmacht, jetzt reinzukommen, kannst du den Mädchen beim Abschließen helfen. Dann breche ich schon auf.«

Ich hörte, wie ihre Autotür zuschlug, während sie murmelte: »Meine Güte, du bist verrückt.«

In wenigen Sekunden hörte ich das Glöckchen über der Eingangstür klingeln, während die Mädchen sich vorne noch mit der Frau unterhielten.

Emma kam nach hinten. »Ich kann nicht glauben, dass du das tust, aber ich bin hier.«

»Du weißt, wie man abschließt, richtig?«

Emma verdrehte die Augen. »Natürlich weiß ich, wie man abschließt. Wir haben während der ganzen Highschool zusammen hier gearbeitet. Wenn du nicht glaubst, dass meine Mutter mich manchmal einspringen ließ, während du weg warst, dann bist du noch verrückter, als ich dachte.«

Ich kicherte. »Natürlich. Was auch immer du tust, erzähl Celia und Delia nicht, was ich vorhabe, okay?«

Das brachte mir ein weiteres Augenrollen ein. »Natürlich nicht.

Diese beiden haben keine Ahnung, wie man den Mund hält.« Damit winkte sie kurz und drehte sich um, um nach vorne zurückzukehren.

Ich holte tief Luft, konzentrierte meine Kraft und erschuf dann einen Wirbel aus Rauch, der genau dorthin zielte, wo ich hin wollte. Als der Rauch sich lichtete, stand ich im oberen Stockwerk des alten Hauses. Es war ruhig und vermittelte ein Gefühl der Leere, als ob schon viel zu lange niemand hier gewesen wäre.

Ich überprüfte schnell das obere Stockwerk und fand sechs komplett leere Schlafzimmer, nicht einmal ein einziges Möbelstück darin. Ein Schlafzimmer befand sich am Ende des Flurs, das ich für das Hauptschlafzimmer hielt, und enthielt ein einzelnes Bett und einen Klappkartentisch daneben. Eine Kommode stand an der Wand gegenüber dem Bett. In dem großen, höhlenartigen Raum klangen meine Schritte laut auf dem Boden, als ich hindurchging.

Ich nahm an, dass Abby diesen Raum als ihr Zimmer nutzte. Ich wusste nicht, wie viel Zeit ich zum Schnüffeln hatte, aber ich schätzte, die Fahrt von der Innenstadt dauerte etwa fünfzehn Minuten. Ich eilte die Treppe hinunter, meine Schritte hallten wider. Das Haus war ein schönes altes Kolonialhaus. Holzböden glänzten im Licht, das durch die hohen Fenster fiel. Die Sonne ging hinter dem Haus unter, und Streifen von Orange, Rot und Gold vom Himmel spiegelten sich auf den Böden wider. Die Wände waren in einem sanften Cremeton gestrichen mit einer Wandverkleidung, die zur Hälfte hochkam, und dekorativen Leisten am Rand der Decke. Das Haus blickte auf den Ozean hinaus und bot eine wunderschöne Aussicht.

Es war ein Wunder, dass niemand in der Familie dieses Haus all die Jahre beansprucht hatte. Abgesehen von allen Überlegungen zur Hexenkraft hätte jeder einen hübschen Pfennig für dieses Haus bekommen können, wenn er es verkauft hätte. Wie die meisten ursprünglichen Häuser in dieser Gegend, sofern das Grundstück nicht unterteilt worden war, besaß Abby nun gute fünfzig Hektar oder mehr direkt am Atlantischen Ozean. Das nenne ich erstklassige Immobilien.

Neuengland war vor Jahren stark besiedelt worden, wobei viele der wunderschönen Grundstücke aufgekauft wurden, bevor jemand wusste, wie wertvoll die Küstenimmobilien hier werden würden. Ein solches Stück Land zu finden, nun, das war wie einen Diamanten zu finden, wenn man einfach eine Landstraße entlangging.

Das Erdgeschoss hatte eine zentrale gewölbte Treppe vorne, die zu einer Diele führte. Ähnlich wie der Grundriss der meisten Kolonialhäuser in dieser Gegend umfasste eine Seite des Erdgeschosses die Küche und das Esszimmer und die andere einen formellen Salon und ein weniger formelles Wohnzimmer. Eine große Veranda erstreckte sich über die Breite des Hauses auf der Rückseite.

Es schien, dass Abby nicht viel Zeit auf der Wohnzimmerseite des Erdgeschosses verbrachte. Der einzige Bereich im Erdgeschoss, der ein Gefühl von Präsenz vermittelte, war die Küche und das Esszimmer. Ähnlich wie im Haus meiner Eltern hatte dieses Haus ein großes Erkerfenster in der Küche mit einer Nische, die auf den Ozean blickte. Das Esszimmer bot eine ähnlich spektakuläre Aussicht. Nichts deutete darauf hin, dass jemand anders hier gewesen war, also war ich ziemlich sicher, dass nur sie hier war.

Als ich Kies unter Reifen knirschend hörte, eilte ich zurück nach oben, in der Hoffnung, mich zu verstecken und zu lauschen. Sie war früher zurück als erwartet, aber ich konnte leicht verschwinden, ohne eine Spur zu hinterlassen. Ich huschte in das, was wie das alte Kinderzimmer aussah, und versteckte mich in einem Schrank. Ich hörte, wie ihre Schritte eintraten. Der Klang von ihnen hallte durch die Dielen, als sie in die Küche ging und dann nach oben kam.

Wie ich erwartet hätte, gingen ihre Schritte am Kinderzimmer vorbei und in das Hauptschlafzimmer. Gerade als ich anfing zu denken, dass das alles ziemlich albern war, führte sie ein Telefongespräch.

Glücklicherweise waren in diesen alten Häusern, besonders in denen, die nicht renoviert worden waren, die Wände so dünn, dass man leicht durch sie hindurchhören konnte. Ohne Möbel, Teppiche oder Stoffvorhänge, die ihre Stimme dämpfen könnten, konnte ich sie klar und deutlich hören.

»Hey«, sagte Abby zu wem auch immer am anderen Ende der Leitung war.

Es folgte ein stiller Moment, und dann sprach sie wieder. »Jetzt habe ich vier Zauberstäbe. Ich weiß nicht, was du denkst, was ich damit anfangen kann.«

Wieder Stille, und ich wünschte mir verdammt nochmal, ich könnte hören, wer am anderen Ende des Anrufs war.

»Glaubst du wirklich, dass ich tatsächlich eine Hexe bin?«

Meine Ohren spitzten sich so sehr, dass sie fast vibrierten.

Noch eine lange Stille.

»Nun«, sagte sie mit skeptischem Ton. »Ich kann noch ein paar Wochen bleiben, aber dann muss ich nach Hause. Was das Haus betrifft, wie ich dir gesagt habe, es ist wunderschön.«

Die Pausen brachten mich um.

»Ich bin nicht daran interessiert, jetzt eine Entscheidung über den Verkauf zu treffen. Ich weiß, dass es viel Geld wert ist. Allein das Land ist es, aber ich hätte gerne etwas Zeit, um zu entscheiden, was ich damit machen will. Außerdem, wie ich dir gesagt habe, glaube ich, dass jemand hier eingebrochen ist und den Dachboden durchsucht hat. Ich weiß nicht, ob es klug ist, etwas zur Polizei zu sagen.«

Gott, ich hätte fast alles gegeben, um zu hören, was am anderen Ende gesagt wurde.

»Okay, das habe ich mir gedacht. Da ich neu hier bin und all diese Einbrüche passieren, möchte ich keine Aufmerksamkeit auf mich ziehen.«

Noch eine verdammte Pause.

»Nein, ich bin ziemlich sicher, dass das Haus nicht von Geistern heimgesucht wird, und nichts Magisches ist hier gelagert. Der ganze Ort war fast leer.«

Meine Ohren würden abfallen, wenn das so weiterging.

Während sie sprach, hörte ich ihre Schritte, und dann, siehe da, sie gab ihrem Anrufer eine Beschreibung von jedem Raum. Ich dachte, ich sollte besser meinen Ausgang machen, solange es sicher war. Ich wollte keine verbleibenden Rauchspuren hinterlassen, bis sie hier ankam.

So sehr ich auch bleiben und hören wollte, was sie sonst noch zu sagen hatte, schloss ich meine Augen, verengte meinen Fokus und wirbelte dann Rauch um mich, als ich meinen Ausgang machte. Bei meiner Rückkehr brachte ich mich ins Badezimmer von Persnickety Potions & Gifts. Ich nahm an, dass die Mädchen inzwischen weg waren, und auf diese Weise würde man sehen, wie ich wie üblich den Laden verließ.

Als ich wenige Momente später über den Grünstreifen ging, blies eine Windböe vorbei und schickte einen Wirbel von Blättern durch die dämmrige Luft – Flecken von Orange, Rot und Gelb, leuchtend gegen die Abenddämmerung, während sie über die Straße verstreut wurden.

KAPITEL NEUN

An diesem Abend weihte ich Liam in meinen Besuch im Haus der Frau ein. Mit Ghost, der uns von seinem Platz auf dem Couchtisch beobachtete, und dem leise laufenden Fernseher im Hintergrund, verengte Liam die Augen, als er mich ansah.

»Äh, du verschwindest jetzt also einfach in die Häuser fremder Leute?«

Seine Mundwinkel zuckten zu einem Grinsen. Sein Lächeln hatte die übliche Wirkung auf mich und sendete einen Schauer Wärme durch meinen Bauch, aber ich ignorierte ihn vorerst.

»Nun, ich dachte, das wäre der schnellste Weg herauszufinden, was los ist. Keine Schäden, kein Foul. Außerdem habe ich erfahren, dass sie glaubt, jemand könnte dort eingebrochen sein«, erklärte ich.

Er schwieg ein paar Sekunden, dann schüttelte er langsam den Kopf. »Pass auf dich auf, Moira.«

»Ich wusste, dass sie nicht zu Hause war, also ging ich davon aus, dass ich genug Zeit hatte, und die hatte ich auch.« Ich spürte einen Anflug von Ärger ihm gegenüber. Ich schätzte es nicht, vor etwas gewarnt zu werden, das ich offensichtlich perfekt gemeistert hatte.

»Sei einfach vorsichtig.«

»Was auch immer«, sagte ich schließlich. »Jedenfalls müssen wir die

Geschichte dieser Familie herausfinden. Sie heißt Abigail Proctor. Sie hat sich als Abby vorgestellt.«

»Woher kennst du dann ihren Nachnamen?«

»Weil er auf ihrer Kreditkarte stand«, sagte ich mit einem Schulterzucken. »Was wissen wir über diese Familie? Das Haus steht leer, solange ich denken kann. Es gibt viele Häuser in der Gegend, die als Sommerhäuser genutzt werden, also ist das nicht ungewöhnlich, aber dieses steht einfach nur leer. Niemand kommt dort, nicht einmal im Sommer.«

Liam nickte, sein Blick nachdenklich. »Ich weiß. Ich habe nicht viel darüber nachgedacht. Es liegt nur gerade so weit von der Straße entfernt, dass man es nicht sehen kann, also vergisst man leicht, dass es da ist. Ich werde meine Eltern danach fragen. Du solltest definitiv deine fragen. Da deine Mutter ihre Immobilienverwaltungsfirma führt, muss sie irgendeine Ahnung haben, wem es gehört und ob sie es jemals vermietet haben.« Bei meinem Nicken fuhr er fort: »Was hat sie im Laden gekauft?«

»Zwei verschiedene Zauberstäbe und etwas Schmuck. Nichts Ungewöhnliches, aber sie war sehr neugierig auf die Zauberstäbe und hat Delia eine Menge Fragen gestellt. Ich habe tatsächlich einen ausgetauscht, nur um ihn genauer anzuschauen.«

Ich stand vom Sofa auf und ging zur Küchentheke, wo ich den Zauberstab hochhob, den ich dort hingelegt hatte, als ich nach Hause kam. Als ich ihn zum Sofa zurückbrachte, legte ich ihn auf den Couchtisch, und Ghost begann ihn sofort zu untersuchen, schnupperte daran und tippte leicht mit der Pfote dagegen. Ghost war definitiv seine eigene Katze, sozusagen.

Liam bemerkte es, sah zu mir und zog eine Augenbraue hoch.

»Ja, ich weiß«, sagte ich. »Er hat schon früher daran gerochen. Ich dachte, er würde ihn markieren oder so.«

»War Magie darin?«, fragte Liam.

»Nur ein bisschen. Ab und zu verkauften wir Zauberstäbe mit ein wenig Magie, meist harmlose Zauber. Dieser hier war mit einem Findezauber belegt. Normalerweise hätte ich mir nichts dabei gedacht, ihn gehen zu lassen, weil es ein schwacher Zauber war, der in ein paar Tagen verflogen wäre, aber bei all dem, was gestohlen worden war, wollte ich keine verzauberten Gegenstände aus dem Laden lassen. Ich müsste den Laden auf verbleibende Gegenstände mit Magie überprüfen und die Zauber entfernen.«

»Ein bisschen wovon?«

»Kaum ein Findezauber. Aber mit dem, was bereits aus dem Laden genommen wurde, scheint es, als ob jemand versucht, Magie zurückzugewinnen. Ich bin neugierig, ob alles andere in die gleiche Richtung weist. Ich gehe morgen früh bei meinen Eltern vorbei, bevor ich zur Arbeit gehe, weil meine Eltern zusammen mit Opal und Theo alles inventarisieren. Außerdem muss ich ihr von heute Nachmittag berichten.«

Liam nickte. Ich konnte nicht sagen warum, aber es schien, als ob es ihn störte, dass ich mich in dieses Haus teleportiert hatte. Und es störte mich, dass es ihn störte.

Ich verengte meinen Blick, musterte ihn und beschloss dann, ihn einfach direkt zu fragen.

»Hör mal, ich verstehe, dass du vielleicht verärgert wärst, wenn ich tatsächlich irgendwo einbrechen würde, aber ich habe nur versucht herauszufinden, was los ist. Warum machst du dir solche Sorgen deswegen?«

Liam hielt meinen Blick, seine Augen verdunkelten sich für einen Moment. Mit einem scharfen Kopfschütteln seufzte er, vergrub sein Gesicht in den Händen und fuhr sich mit den Fingern durch die Haare. Als er den Kopf hob, ließ der Blick in seinen Augen meinen Puls rasen. Ich kannte diesen Blick, aber ich hatte ihn nicht mehr gesehen, seit ich unsere Beziehung aus Eifersucht in die Luft gejagt hatte.

Was wir in der Highschool hatten, erschien im Nachhinein töricht, aber es war sicherlich intensiv gewesen. Als wir auseinandergegangen waren, hatte ich beschlossen, mein Bestes zu tun, um mein Schicksal hinter mir zu lassen. So viel dazu.

Wir machten diese zögerlichen Schritte aufeinander zu, umkreisten uns vorsichtig. Ich nahm an, wenn ich eine Minute für mich gehabt hätte, hätte ich vielleicht bemerkt, dass er mir gegenüber genauso zurückhaltend war wie ich ihm gegenüber.

Gerade jetzt, mit dem Blick in seinen Augen, erinnerte ich mich für einen Moment daran, wie es sich früher zwischen uns angefühlt hatte, und wünschte, ich wäre reif genug gewesen, um mich zusammenzureißen.

»Ich bin nicht verärgert, Moira«, sagte er schließlich. »Ich mache mir Sorgen um dich. Ich meine, jemand ist dir neulich Abend gefolgt, und das ist ziemlich beängstigend.« Er hielt inne, als ob er seine Worte abwägen würde, bevor er erneut den Kopf schüttelte und fortfuhr. »Du warst schon immer die Art von Hexe, die tat, was sie wollte. Ich möchte nicht, dass du denkst, ich würde dir das Geschehene noch immer nachtragen, denn das tue ich nicht, aber... nun, du weißt, was ich meine«, sagte er mit einem leisen Lachen.

»Richtig, du meinst, als ich aus Eifersucht versehentlich ein Gebäude in Brand gesetzt habe?«

Mit einem schiefen Grinsen nickte er, bevor sein Gesichtsausdruck wieder ernst wurde. »Ich kenne diese Abby nicht. Ich weiß nicht wirklich, was hier vor sich geht, keiner von uns weiß das, aber ich möchte einfach, dass du vorsichtig bist. Das ist alles. Wenn ich das tun könnte, was du getan hast, würde ich dich bitten, mich einfach mitzunehmen. Aber das ist nicht meine Magie.«

Verblüfft über seine Worte starrte ich ihn einfach an. Ich hatte nicht viel darüber nachgedacht, wie er sich sorgen könnte. Ich war zu beschäftigt damit, meine eigenen Gefühle in Schach zu halten.

Meine Brust verengte sich und mein Atem wurde flach. Nach meinem tiefen Atemzug sprang Ghost praktischerweise auf die Couch zwischen uns, sein Schnurren vibrierte. Ich kratzte ihn am Kinn, während ich Liams Blick hielt. »Okay, ich verstehe. Ich werde nichts tun, ohne dass jemand davon weiß. Das habe ich spontan gemacht, weil sie in der Innenstadt war, und ich dachte, ich hätte eine Chance, in das Haus zu kommen, während sie weg war. Ich habe Emma Bescheid gesagt«, bot ich mit einem kleinen Lächeln an.

»Ich weiß, warum du es getan hast, und ich kann mir nicht vorstellen, dass du es nicht getan hättest, aber sei einfach vorsichtig. Ich werde meine Eltern fragen, was wir über die Familie wissen, die früher dieses Haus besaß, und du machst dasselbe. Weißt du zufällig, ob schon jemand herausgefunden hat, was aus dem Leuchtturm verschwunden ist?«, fragte er und lenkte das Thema effektiv von uns weg.

»Nein. Morgen treffe ich meine Mutter auf einen Kaffee und wollte sie fragen. Ich weiß, dass sie und Tante Lea mit Nathan sprechen wollten. Hat Nathan irgendwelche Ideen?«

Liam lehnte sich in die Kissen zurück und streckte seinen Arm über die Rückenlehne der Couch. Seine Finger glitten durch mein Haar und schickten einen leichten Schauer durch mich hindurch. »Nein. Nathan ist ein toller Kerl, aber ich glaube nicht, dass er eine Bestandsaufnahme gemacht hat, als er anfing, den Leuchtturm zu betreiben.«

»Nun, wir müssen einfach weiter suchen. Gemeinsam werden wir herausfinden, wer verantwortlich ist und was sie wollten.«

Er fing meinen Blick ein, die Hitze in seinen Augen raubte mir den Atem.

»Das werden wir«, sagte er, seine raue Stimme jagte einen Hitzestoß durch mich hindurch.

Seine Worte schienen mehr als eine Bedeutung zu haben.

KAPITEL ZEHN

Am nächsten Morgen ließ ich mich in der Magic Beans in einen Stuhl gegenüber meiner Mutter sinken. Sie hatte ihre Haare zu einem Zopf geflochten, die silbernen Strähnen wirkten inmitten ihrer dunklen Locken fast wie eine Dekoration. Ihre grünen Augen umspielten kleine Fältchen, als sie mich anlächelte.

»Guten Morgen, Liebes«, sagte sie und nahm schnell einen Schluck von ihrem Kaffee. »Lea müsste jeden Moment hier sein. Wie läuft es im Laden?«

»Ach, weißt du, wie immer. Viel zu tun. Ich wollte mich mit euch treffen, weil...« Meine Worte verstummten, als ich Tante Leas Stimme von der anderen Seite des Cafés hörte. Als ich mich umdrehte, sah ich, wie sie uns zuwinkte.

Sie war ein Bild der Eleganz in einem schmal geschnittenen Rock, der an ihren Knöcheln ausgestellte war. Heute trug sie praktische Wanderstiefel und eine fließende weiße Bluse. Ihre Haare hatte sie zu einem Knoten hochgesteckt, und ihre Brille saß zurückgeschoben auf ihrem Kopf.

»Ich warte, bis sie bei uns ist«, sagte ich zu meiner Mutter, da ich wusste, dass mir das ersparen würde, alles zu wiederholen.

»Natürlich.« Meine Mutter winkte einer vorbeigehenden Frau zu, die ich nicht kannte. Meine Mutter las die Frage in meinen Augen und antwortete, bevor ich überhaupt fragen konnte: »Das ist Opal Goods Cousine. Sie ist seit dem Sommer zu Besuch. Ich kann nicht glauben, dass du sie noch nicht kennengelernt hast.«

Ich zuckte mit den Schultern. Die Realität war, dass die Hexenwelt solch weitverzweigte Familien hatte, dass es fast unmöglich war, den Überblick über alle zu behalten, die in Charm Cove ein- und ausgingen.

Tante Lea setzte sich zu uns, beugte sich vor, um mir eine nach Rosmarin duftende Umarmung zu geben, bevor sie sich schwungvoll hinsetzte. »Ich *brauche* heute diesen Kaffee«, rief sie aus. Sie nahm einen Schluck und seufzte dann, wobei sie sich sofort auf mich konzentrierte. »Okay, kommen wir gleich zur Sache. Emma hat erwähnt, wo du gestern Nachmittag warst, und die Zwillinge platzten fast vor Neugier, warum du früher gegangen bist.«

Nach einem kräftigen Schluck meines Kaffees wiederholte ich schnell die Ereignisse des gestrigen Nachmittags. »Also habe ich im Schrank im Kinderzimmer gewartet. Ich dachte, wenn ich schnell fliehen müsste, wäre das eine gute Option. Sie führte dann ein Telefonat. Vielleicht war ich zum ersten Mal in meinem Leben froh über die dünnen Wände in den alten Häusern hier. Ich weiß natürlich nicht, mit wem sie gesprochen hat, aber sie haben definitiv über die Zauberstäbe gesprochen, die sie aus dem Laden bekommen hat, und ob das Haus von einem Geist heimgesucht wird. Sie erwähnte auch, dass sie glaubt, jemand sei in das Haus eingebrochen, und es klang, als würden sie fragen, ob sie das Haus verkaufen wolle. Ich wünschte, ich hätte ihre Fragen hören können, aber das ging nicht. Ich habe Liam gebeten, mit seinen Eltern zu sprechen, um mehr über die Familie zu erfahren, der das Haus gehörte. Abby sagte, sie habe es von der Cousine ihrer Mutter geerbt, die keine Kinder hatte. Soweit ich weiß, war dort seit Jahren niemand. Weißt du, ob überhaupt jemand im Sommer dort war? Oder hast du es jemals an jemanden vermietet?«, fragte ich und schaute meine Mutter an.

Meine Mutter schüttelte entschieden den Kopf. »Das ist definitiv ein Nein. Glaub mir, jeder in Maine, der in der Immobilienbranche an der Küste arbeitet, weiß, dass dieses Grundstück seit Jahrzehnten leer steht, aber wann immer ich Anfragen stellte, bekamen wir keine Antwort. Was die Frage betrifft, ob im Sommer jemand dort war, das ist...« Sie hielt inne und blickte zu ihrer Schwester.

Tante Lea trommelte mit ihren Nägeln auf dem Tisch und legte den Kopf zur Seite. Sie und meine Mutter nickten gleichzeitig. »Wir gingen als kleine Mädchen im Sommer hin und wieder dort spielen«, sagte sie langsam. Obwohl Lea die Schwägerin meiner Mutter war, waren sie als beste Freundinnen in der kleinen Stadt Charm Cove aufgewachsen. Die Ehe meiner Mutter mit meinem Vater, Leas älterem Bruder, hatte ihre Schwesternschaft besiegelt.

»Ich glaube nicht, dass wir seit unserem zehnten Lebensjahr dort waren«, fügte meine Mutter hinzu.

Tante Lea nickte langsam, ihr Blick in die Ferne gerichtet. »Ich glaube aber nicht, dass wir jemals im Haus waren. Wir haben nur am Strand gespielt, wenn die Kinder im Sommer herauskamen. Ich muss wirklich angestrengt nachdenken, um mich überhaupt an ihre Namen zu erinnern.«

»Nun, wenn ihr beide in euren Sechzigern seid...« Ich ließ den Satz unvollendet, als ihre scharfen Blicke zu mir schwenkten.

Tante Lea hob eine Augenbraue. »Liebes, ich besiege hier vor deinen Augen den Krebs. Das Alter hat nichts gegen mich in der Hand.«

Auch meine Mutter sah leicht beleidigt aus, aber sie presste nur die Lippen zusammen.

Ich fuhr fort: »Mein Punkt war, dass es wahrscheinlich fünfzig Jahre her ist, seit jemand dort war, aber wir sollten uns umhören, ohne großes Aufheben zu machen. Als Delia neulich das Kennzeichen notiert hat, habe ich Daniel gebeten, es zu überprüfen. Ich werde auch bei ihm vorbeischauen. Ich muss ihm sagen, was sie über den möglichen Einbruch erwähnt hat. Was habt ihr beide heute vor?« fragte ich. Es war Sonntag, also hatte ich ausnahmsweise frei.

»Wir gehen zum Leuchtturm. Nathan trifft uns dort, um uns hereinzulassen. Er meinte, wir könnten so lange bleiben, wie wir wollen«, antwortete meine Mutter.

»Warum komme ich nicht mit?«

Ich war ziemlich neugierig auf den Leuchtturm, wenn auch nur, weil ich alte Orte liebte. Der Leuchtturm war fast dreihundert Jahre alt und lief mit Magie.

»Bitte komm mit. Ich habe sogar Emma eine Nachricht hinterlassen, ob sie uns dort treffen würde. Wenn du sie anrufst, kommt sie wahrscheinlicher«, sagte Tante Lea mit einem Kichern.

»Was wissen wir über den Nachnamen Proctor?«, fragte ich und kehrte zum Thema der Frau zurück, die das Sommerhaus hier geerbt hatte.

»Nun, die Proctors sind definitiv eine alte Hexenfamilie. Ein paar Proctors kamen aus Salem herauf. Nicht als unsere Familie sich hier niederließ, aber ein paar Jahre später. Ein Proctor geriet in die Hexenprozesse und wurde hingerichtet. Wie viele Familien haben sie Verwandte in ganz Neuengland. Ich kann mir vorstellen, dass das die Familie geprägt hat und dass der Makel vielleicht noch immer anhaftet«, sagte meine Mutter.

»Mama, alle aus den späten 1600er Jahren sind tot. Hexen sind mächtig, und wir leben vielleicht länger als der Durchschnitt, aber wir leben keine vierhundert Jahre. Wir sind keine Vampire oder Zombies.«

Meine Mutter hätte fast ihren Kaffee ausgespuckt, und Tante Lea warf den Kopf zurück und lachte.

Nachdem sie ihre Lippen mit einem Taschentuch betupft hatte, sagte meine Mutter: »Nun, ich wollte nur darauf hinweisen, dass der Nachname bekanntermaßen mit Hexen in Verbindung steht. Aber das bedeutet nicht, dass jeder mit diesem Namen eine Hexe ist.«

»Ich denke, wir sollten mehr über die Familie herausfinden. Abby sagte, sie kommt aus New Hampshire, direkt außerhalb von Nashua.«

»Oh, ich werde deinen älteren Bruder Gabriel anrufen und ihn darauf ansetzen. Du kennst ihn ja, er liebt es, Online-Spuren zu verfolgen«, sagte meine Mutter mit einem Lächeln.

Mein älterer Bruder Gabriel war ein Technikfreak und ein Hexenmeister – eine ziemlich gefährliche Kombination, wenn er nicht so ein guter Kerl wäre. Er lebte derzeit nicht in Charm Cove, obwohl das Gerücht umging, dass er bald zurückkehren wollte.

»Was gibt's Neues von Gabriel?«, fragte ich.

Gabriel hatte einige hochkarätige Positionen bei Technologieunternehmen in Kalifornien übernommen. Er verdiente Unmengen an Geld und genoss die Arbeit. Sein Schwerpunkt lag hauptsächlich auf dem Programmieren, aber er war auch ein forensischer Buchhalter, der fürstlich dafür bezahlt wurde, versteckte Konten durch das Netz von Online-Spuren aufzuspüren. Doch genau wie bei mir würde meine Familie es lieben, wenn er nach Charm Cove zurückkehren würde. Er und ich sprachen gelegentlich, und er war meist vage, was seine Pläne anging. Ich spürte, dass er auswich, genau wie ich es früher getan hatte.

Unsere Familie war liebevoll, aber sie hielten sich nicht zurück, wenn es darum ging, die Agenda für das Leben eines jeden festzulegen. Zumindest war er nicht an irgendeine angebliche Bestimmung gebunden.

»Nun«, begann meine Mutter mit einem stolzen Lächeln zwischen Schlucken ihres Kaffees, »er hat mir neulich gesagt, dass er darüber nachdenkt, wieder nach Hause zu ziehen und von dort aus zu arbeiten. Er möchte jetzt, wo er genug Verbindungen hat, sein eigenes Unternehmen gründen. Mit seinen Kräften und seinem Verstand kann er praktisch tun, was er will.«

»So wahr«, sagte Tante Lea entschieden, ihr stolzes Lächeln spiegelte das meiner Mutter wider. Da sie keinen eigenen Sohn hatte, verhätschelte Tante Lea meine Brüder, von denen keiner derzeit in Charm Cove lebte.

Gabriel war mein ältester Bruder; nicht überraschend war er nach unserem Vater benannt. Nach ihm kamen Nathaniel, Albert und Cameron. Nathaniel war auch älter als ich, während Albert und Cameron jünger waren. Albert und Cameron waren beide noch im College. Albert war an der UMASS in Amherst, Massachusetts, und Cameron war in Boston an der Boston University. Nathaniel war genauso technikbegeistert wie Gabriel, obwohl er ausschließlich als Berater für sich selbst arbeitete. Ich erwartete, dass er demnächst durch Charm Cove treiben würde. Zuletzt war er auf Reisen gewesen.

Mit einem Blick auf meine Uhr wurde mir klar, dass der Morgen schnell verging. »Wann geht ihr beide zum Leuchtturm?«, fragte ich.

»Sobald wir hier fertig sind«, antwortete meine Mutter.

»In Ordnung dann«, sagte ich, als ich aufstand. »Ich treffe euch dort in Kürze. Ich möchte vor allem anderen heute noch schnell zum Supermarkt.«

KAPITEL ELF

Nach einem schnellen Abstecher zum Laden und zurück zu meinem Haus machte ich mich nicht viel später auf den Weg zum Leuchtturm Beacon's Charm und nahm unterwegs meine Cousine Emma mit. Sie kletterte mit einem Kichern in mein kleines Auto. »Ich kann nicht glauben, dass wir das tun«, sagte sie zur Begrüßung.

»Warum sollen die anderen den ganzen Spaß haben?«

»Ich weiß, aber du kennst ja meine Mutter. Sie ist völlig besessen von dieser *Ermittlung*. Ich schwöre, sie braucht heutzutage mehr Beschäftigung. Ich bin froh, dass du die Sachen im Laden übernommen hast, aber jetzt langweilt sie sich.«

Wenn es etwas gab, das mehr Druck machte als meine Familie, dann war es definitiv Tante Lea, die Emma alles aufhalste. Sie wollte, dass Emma alles übernahm, was sie tat, und das war der Hauptgrund, warum Emma nicht sofort darauf gesprungen war, Persnickety Potions & Gifts zu leiten. Tante Lea hätte ihr jeden Moment des Tages über die Schulter geschaut, wenn sie es getan hätte.

Aber von mir bekam Emma nur begrenzt Mitgefühl, weil sie nicht diese ganze *Schicksals*-Sache über sich hängen hatte.

»Hey, sie ist bei mir genauso schlimm wie bei dir. Du bist nicht für den gesamten zukünftigen Frieden unserer Familie verantwortlich.«

Emma grinste. »Ich weiß.«

In dem Moment, als ich diesen Kommentar machte, kreisten meine Gedanken um den Blick in Liams Augen letzte Nacht. Schicksal war eine seltsame Sache. In gewisser Weise könnte man denken, dass es alles einfacher machte, aber das tat es nicht. Zumindest nicht für mich. Denn es ließ mich daran zweifeln, ob das, was wir hatten, echt war. Als ich jünger und töricht und unbesonnen war, hatte ich die Idee meines Schicksals mit Liam mit beiden Armen ergriffen, sie praktisch umarmt. Rückblickend glaube ich nicht, dass das besonders hilfreich war. Ich hatte zu viele Emotionen damit verbunden.

Ich schüttelte meine Gedanken ab und sah Emma an. »Apropos Schicksal, wie sieht's eigentlich mit deinem Liebesleben aus?«

Emma seufzte ziemlich theatralisch. »Nichts, absolut nichts. Seit Joel mit mir Schluss gemacht hat, ist niemand interessant. Es ist nicht so, dass ich ihn zurückhaben möchte. Denn mal ehrlich, ich müsste für den Rest meines Lebens so tun, als wäre ich keine Hexe, um mit ihm zusammen zu sein, aber es hat trotzdem wehgetan, dass er so ausgeflippt ist«, erklärte sie und bezog sich dabei darauf, dass Joel sie praktisch komplett abserviert hatte, nachdem sie versehentlich vor seinen Augen eine Blume wieder zum Leben erweckt hatte. Emma hatte dafür nicht viel Magie gebraucht. Pflanzen waren irgendwie ihr Ding.

Ein großer Nachteil beim Aufwachsen als Hexe in einer Hexenfamilie in einer Hexenstadt war, dass es viel zu leicht war, zu vergessen, seine Kräfte zu verbergen. Wie sie es mir erklärte, hatte sie nicht einmal darüber nachgedacht. Nachdem Joel gesehen hatte, was sie getan hatte, und ziemlich ausgeflippt war, machte sie den Fehler zu versuchen, ihm von ihrem wahren Selbst zu erzählen. Das war *nicht* gut gelaufen.

Das war ein weiterer Grund, warum Hexenfamilien dazu neigten, zusammenzuhalten. Es war ein bisschen knifflig, die ganze Beziehungs-Romantik-Sache zu versuchen, wenn die Leute nicht wussten, was zum Teufel man eigentlich war.

»Nun, warum lässt du es nicht einfach auf dich zukommen? Die richtige Person könnte auftauchen«, bot ich an.

»Leicht für dich zu sagen. Dein Liebesleben ist bereits für dich vorgezeichnet.«

Ich bog auf die Straße ein, die am Rand der Küste entlangführte, und warf ihr einen Blick zu. »Weißt du, das macht es nicht wirklich einfacher. Wie du sehen kannst. Wenn es so einfach wäre, hätten Liam und ich uns nie getrennt.«

Emma seufzte. »Ich weiß. Ich wollte nicht andeuten, dass es das wäre. Ich kann mir nicht vorstellen, wie ich mich fühlen würde, wenn ich diejenige mit dem Gewicht des Schicksals auf meinen Schultern wäre.«

»Du würdest darüber streiten«, sagte ich lachend.

»Total. Ich hasse es, wenn mir gesagt wird, was ich tun soll«, erwiderte sie mit einem schiefen Lachen.

Während ich fuhr, öffnete ich die Fenster ein wenig, um die kühle Luft hereinzulassen. Der Herbst in Neuengland war herrlich. Mit dem frischen Duft des Ozeans und den leuchtenden Blättern, die sich vom blauen Himmel abhoben, fühlte ich mich belebt. Ich beobachtete die Wellen, die ans Ufer rollten und heute sanft gegen die Felsen brachen.

Nach ein paar Minuten hielt ich auf der anderen Straßenseite gegenüber vom Leuchtturm an. Die Tür war unverschlossen, also gingen wir hinein. Man konnte Stimmen von oben hören, die das Treppenhaus hinunter hallten. Emma und ich bahnten uns den Weg nach oben und fanden unsere Mütter im Hauptraum der obersten Etage. Sie hatten überall Gegenstände verteilt, während Tante Lea ein kleines Notizbuch in der Hand hielt und Inventar aufnahm.

»Oh wow«, sagte ich, als ich mich umschaute. »Ihr zwei wart fleißig.«

Meine Mutter sah mit einem verschmitzten Grinsen auf. »Nicht wirklich. Ich habe einen Rufzauber verwendet. Ich habe alles Magische im Gebäude aufgefordert, hierher zu kommen, und das hat es getan. Das wird uns natürlich nicht sagen, was fehlt, aber es könnte helfen. Warum schaut ihr zwei Mädchen nicht schnell herum und seht nach, ob etwas offen geblieben ist?«

»Was meinst du mit offen geblieben?«, fragte Emma.

»Nun, zum Beispiel das«, sagte meine Mutter und zeigte auf einen Besen, der an der Wand lehnte. »Mit meinem Zauber ist er zu mir gekommen. Aber sobald er den Ort verlassen hat, an dem er sein sollte, müsste sich die Tür hinter ihm schließen. Wenn irgendwelche Gegenstände vor unserer Ankunft gelagert wurden, sollten diese Orte offen sein, weil nichts da war, was herauskommen konnte.«

»Ah, okay. Sofern der Einbrecher oder die Einbrecher nicht sehr gründlich waren und alles hinter sich geschlossen haben, können wir vielleicht zumindest abschätzen, wie viele Dinge verschwunden sind«, antwortete ich.

Meine Mutter zwinkerte und nickte. Es war kein perfektes System, aber es gab uns einen Ausgangspunkt.

Emma und ich gingen sofort wieder die Treppe hinunter. Es gab zwei Stockwerke unter der obersten Etage, und beide dienten hauptsächlich als Lager. Emma übernahm das Erdgeschoss, und ich nahm die mittlere Etage.

Es fühlte sich seltsam an, hier herumzulaufen. Ich war schon früher hier gewesen, aber es war ein funktionierender Leuchtturm, also ließen wir ihn meistens in Ruhe. Nathan war für die Magie verantwortlich, die den Leuchtturm selbst betrieb, und für die Grundlagen der Instandhaltung des Gebäudes. Als dieser Leuchtturm vor etwa 300 Jahren gebaut wurde, war er von Anfang an mit Magie durchdrungen worden. Der Zauber, der ihn betrieb, war uralt und mächtig. In früheren Jahrhunderten hatten die Hausmeister tatsächlich im Leuchtturm gewohnt, aber heute nicht mehr.

Als ich im zweiten Stock herumstöberte, überprüfte ich die beiden Schlafzimmer und zwei Schränke. Eine Schranktür war geschlossen, während die andere offen stand. Ein weiteres in die Wand eingebautes Fach war ebenfalls offen geblieben. Ich machte Fotos mit meinem Handy, fand aber nichts anderes Auffälliges. Zwei weitere kleinere Abstellflächen waren in die Wände dieses Stockwerks eingebaut, aber beide waren geschlossen und leer. Also war entweder nie etwas darin gewesen, oder was auch immer dort gelagert worden war, hatte dem Rufzauber meiner Mutter gehorcht.

Ich schlenderte nach unten, um Emma zu finden. Sie hatte nichts gefunden. Wieder oben hatten meine Mutter und Tante Lea akribisch die verschiedenen Objekte katalogisiert, die mit dem Rufzauber gefunden wurden. Obwohl sie nicht sehen konnten, ob etwas anderes fehlte, war ein besorgniserregendes fehlendes Objekt, das im Leuchtturm aufbewahrt wurde, ein uraltes Zauberbuch der Familie Good.

Tante Lea kannte dessen Existenz von Jacob. Wie das Zauberbuch, das meinen Eltern gestohlen wurde, enthielt es angeblich viele alte Zaubersprüche, die nirgendwo sonst zu finden waren. Unnötig zu erwähnen, dass sie besorgt waren.

KAPITEL ZWÖLF

Am nächsten Morgen machte ich mich auf den Weg zur Polizeiwache, um mit Daniel zu sprechen. Zoe wollte mich dort treffen. Ich hoffte, dass er vielleicht gesprächiger sein würde, wenn wir zusammen kamen. Obwohl Zoe mit Daniel verheiratet war, versuchte er, klare Grenzen zwischen Arbeit und Privatleben zu ziehen, was sie maßlos nervte. Sie vermutete, dass er uns wahrscheinlich alles erzählen würde, was er über Abby Proctor wusste, aber sie dachte, es wäre hilfreich, wenn ich ihn über unsere Entdeckungen in dem Haus informieren würde.

In seinem Büro sitzend, schaute ich zu ihm hinüber. Daniels dunkles Haar glänzte unter den Leuchtstoffröhren seines Büros. Sein brauner Blick traf meinen, als er über seinen Schreibtisch schaute. »Ich habe Zoe also erzählt, was ich bereits über Abby Proctor wusste, aber es klingt, als hättest du vielleicht mehr zur Geschichte beizutragen«, bemerkte er.

Daniel war in Charm Cove geboren und aufgewachsen und war in die Fußstapfen seines Vaters getreten, um hier Polizeichef zu werden. Obwohl seine Familie nicht zur Hexengesellschaft gehörte, wussten sie, dass Hexen Charm Cove gegründet hatten und seit einigen Jahrhunderten friedlich unter den Stadtbewohnern lebten. Himmel, er hatte sogar eine Hexe geheiratet, und er wusste mit Sicherheit, dass ich eine Hexe war. Gelegentlich rümpfte er die Nase, wenn es um seine Ermittlungsarbeit ging. Er hatte kein Problem mit der Existenz von Magie. Vielmehr waren es die Herausforderungen, die er bewältigen musste, wenn er Magie bei seinen Ermittlungen berücksichtigen musste.

Ich lehnte mich vor und wappnete mich, um zu erklären, wie ich etwas mehr über Abby Proctor erfahren hatte. »Nun, sie war im Laden und stellte eine Menge Fragen über Zauberstäbe. Das waren keine Fragen, die man stellen würde, wenn man sie zu dekorativen Zwecken oder zum Spaß bekommen möchte. Ich war ein wenig besorgt über das, äh, Ausmaß ihrer Neugier, also habe ich vielleicht ihr Haus besucht.«

Ich hielt inne und wartete auf Daniels Reaktion. Eine seiner dunklen Augenbrauen hob sich, während er leicht den Kopf schüttelte. »Richtig, weil du das ja kannst.« Er machte eine kreisende Handbewegung, damit ich fortfahre.

»Jedenfalls habe ich die Hälfte eines Gesprächs mitgehört, bei dem jemand davon sprach, sicherzustellen, dass sie andere Objekte bekommt, oder zumindest schien es so. Sie sagte, sie glaube nicht, dass das Haus von Geistern heimgesucht werde und dass es dort nichts Magisches gäbe. Was meinen Radar zum Rotieren brachte, war, als sie erwähnte, dass sie besorgt sei, jemanden wissen zu lassen, dass möglicherweise in das Haus eingebrochen wurde. Hat sie das dir gegenüber erwähnt?«

Daniel trommelte mit den Fingerspitzen auf seinen Schreibtisch und blickte zwischen Zoe und mir hin und her. »Nein, das hat sie mir verdammt noch mal nicht gesagt.« Er seufzte und fuhr sich mit der Hand durch die Haare. »Hat sie zufällig erwähnt, was gestohlen wurde, falls überhaupt etwas?«

»Definitiv nicht.«

»Ich weiß nicht, ob ich sie zur Liste der Verdächtigen oder der Opfer hinzufügen soll. Lass mich wissen, wenn sie wieder in deinen Laden kommt. Ich werde vielleicht bei ihr vorbeischauen. Ich werde erwähnen, dass in ein anderes Sommerhaus eingebrochen wurde. Vielleicht bringt sie das zum Reden. In der Zwischenzeit«, – er hielt inne, verengte den Blick und sah zwischen uns hin und her – »seid vorsichtig bei allem, was ihr tut, und haltet mich auf dem Laufenden.«

Zoe grinste und lehnte sich über den Schreibtisch, um ihm einen Kuss auf die Wange zu geben. »Wir haben dich bereits auf dem Laufenden gehalten. Ich habe dir alles erzählt, sobald ich es wusste.«

Daniel schmunzelte leise und winkte uns hinaus, als sein Telefon zu klingeln begann.

Als wir vor der Polizeiwache standen, sah ich Zoe an. »Lass uns mit deiner Mutter sprechen. Wenn es etwas über diese Familie zu wissen gibt, kann sie vielleicht helfen«, sagte ich in Bezug auf ihre Mutter, Bets Baker. Sie war eine alte, mächtige Hexe, die in großem Maße ihr Ohr am Boden hatte. Nicht viel entging ihr in Charm Cove. »Außerdem erwähnte meine Mutter, dass die Bishops ziemlich schweigsam darüber waren, was aus The Ink Spot gestohlen wurde. Da Sally und Rae nebenan wohnen, ruf doch deine Mutter an und schau, ob sie wieder zum Tee vorbeikommen.«

Zoe rief ihre Mutter an, während wir zu deren Haus fuhren. Nicht viel später saßen wir in Bets' Wohnzimmer. Sally und Rae Bishop waren vor uns eingetroffen. Obwohl beide elektronische Fußfesseln trugen, durften sie einige Orte besuchen, darunter Bets' Haus zum Teetrinken und vorab genehmigte Einkaufsorte.

Sally und Rae, die unbeabsichtigten Mörderinnen. Ich schaute zu ihnen hinüber und konnte immer noch nicht ganz akzeptieren, dass diese beiden in eine chaotische Liebesaffäre verwickelt waren, die schief gelaufen war. Da war Alvin, seine Frau, Sally und Rae, und später erfuhren wir von einer weiteren Frau. Man kann mit Fug und Recht behaupten, dass Alvin ziemlich herumgekommen ist. Es war kein Wunder, dass er nicht wegen eines Herzinfarkts in den Brunnen gefallen war.

Sally begegnete meinem Blick, ihre Augen stählern. Es war ein paar Monate her, seit alles passiert war, und sie war immer noch ein wenig verärgert über die ganze Sache. Obwohl sie Reue über Alvins Tod geäußert hatte, war sie immer noch verstimmt, dass der »Unfall« auf sie und ihre Zwillingsschwester zurückgeführt wurde.

Ich lächelte zu ihr hinüber. »Wie geht es Ihnen, Sally?«

Sallys Lippen wurden zu einer dünnen Linie, und sie brummte. »Es war nur ein Unfall.«

Wie ich schon sagte, sie hing immer noch daran fest.

Rae, die passivere der Zwillinge, seufzte schwer. »Ich weiß. Das haben wir Herrn Daniel immer wieder gesagt.«

»Nun, meine Damen, was geschehen ist, ist geschehen. Ob nun Unfall oder nicht, Alvin ist tot. Wir sind heute vorbeigekommen, weil wir gehofft haben, euch beide fragen zu können, ob ihr etwas darüber gehört habt, was aus The Ink Spot gestohlen wurde«, sagte Zoe und kam direkt auf den Punkt.

Sally und Rae sahen zu uns herüber. Sallys Augen verengten sich misstrauisch, während Rae unsicher wirkte. Bets kam mit einer Teekanne auf einem Tablett herein, auf dem auch ein Teller mit Keksen stand. Als sie ihn abstellte, schenkte sie den Zwillingen schnell Tee ein. Sie schenkte mir ein Lächeln, als sie eine Tasse vor Sally hinstellte, ihre blauen Augen funkelnd.

Rae meldete sich zu Wort. »Wir dürfen kaum irgendwohin gehen. Ich verstehe nicht, warum ihr glaubt, dass wir etwas über die Angelegenheiten unserer Familie wissen würden. Es wird zwei ganze Jahre so sein. Wir werden nie etwas erfahren«, sagte sie mit hoher Stimme und einem Anflug von Jammern darin.

Sally brummte erneut und verdrehte die Augen. »Ach, du meine Güte. Wir sind glimpflich davongekommen. Ich mag zwar gerne zickig deswegen sein, aber es ist, wie es ist, genau wie du sagtest«, antwortete sie und suchte Zoes Blick. »Nicht, dass wir groß helfen können, aber wir haben den Laden ja früher geführt.«

»Was habt ihr darüber gehört, was fehlt?«, fragte Rae.

»Nur, dass es einen weiteren Einbruch gab und jemand die alten Aufzeichnungen dort durchsuchte. Wenn ich es richtig verstehe, gibt es dort Druckaufzeichnungen aus den späten 1600er Jahren.«

Rae und Sally nickten synchron und schlürften gleichzeitig an ihrem Tee.

Bets reichte mir eine Tasse Kaffee aus einer separaten Kanne, die sie mitgebracht hatte. Ich nahm einen willkommenen Schluck und sah sie an. »Habt ihr eine Ahnung, wo die Aufzeichnungen all dieser alten Drucke sind?«

Rae nickte bestimmt. »Natürlich haben wir die. Wir haben sie gleich nebenan. Als wir die Verantwortung hatten, haben wir alles katalogisiert. Als das Jahr 2000 anbrach, haben wir sie organisiert und in mehreren gebundenen Büchern zusammengefasst, bis hin zum Jahr 2001. Das war, als uns höflich mitgeteilt wurde, dass wir die nächste Generation das Management übernehmen lassen müssten.« Rae blickte zu Sally, ihre Augen nahmen einen wehmütigen Glanz an. »Ich vermisse es, die Druckerei zu leiten. Ich liebte es.«

»Albert führt sie jetzt, richtig?«, fragte ich.

Sally nippte an ihrem Tee während sie nickte und nahm einen der Kekse vom Tablett. »Stimmt. Ich glaube nicht, dass er die Bedeutung von Aufzeichnungen versteht. Deshalb haben wir sie mitgenommen. Es gibt Duplikate im Geschäft, aber wir haben die Originale.«

»Hat euch jemals jemand danach gefragt?«, warf Bets ein.

Sally schüttelte den Kopf, ihr Mund verzog sich. »Ganz sicher nicht. Aber gebt mir ein paar Stunden in diesem Laden, und ich kann euch sagen, was von dort fehlt, falls überhaupt etwas fehlt.«

Ich blickte zu Zoe und Bets und blieb still, genau wie sie. Albert Bishop war ein verschlossener Mann. Ich stellte mir vor, dass er keine Einmischung der Zwillinge schätzen würde, als er die Leitung von The Ink Spot übernahm. Ich müsste sehen, ob meine Mutter ihn überreden könnte, Sally und Rae einen Blick werfen zu lassen. Man sollte meinen, dass er es nicht einmal in Frage stellen würde, da die Zwillinge zur Familie gehörten, aber die Bishops waren eine seltsame Gruppe.

Wie die Wickeds, die Goods und einige andere Familien waren die Bishops eine der ersten Familien, die sich hier niederließen. Dennoch hatten sie sich immer für sich gehalten. Meine Mutter und andere vermuteten, dass es damals, als die Familien zum ersten Mal hierher kamen, einige politische Auseinandersetzungen um die Entscheidung der Bishops gegeben hatte, Flugblätter über die Hexenprozesse von Salem zu drucken.

Als Charm Cove etwa ein Jahrzehnt vor dem Höhepunkt der Hysterie gegründet wurde, waren die Gründerfamilien hierher umgezogen, um dem zu entgehen, was in den Visionen zweier Hexen aus den Familien Wicked und Good gesehen worden war. Die Familie Bishop war mitgezogen, doch anfänglich hatten sie sich nicht damit abgefunden, ein zurückhaltendes Profil zu wahren. Es gab viel Stolz in der Hexengemeinschaft. Es war kein öffentlich bekannter Stolz, aber er saß tief. Federn waren gerupft worden, als andere Familien eingriffen und die Bishops baten, sich mehr im Hintergrund zu halten.

Ihre Familie hatte sicherlich fast so viel Macht wie die anderen, dennoch schien es immer, als hielten sie sich beiseite.

»Nun«, sagte ich und blickte zu Sally und Rae. »Ich denke, ihr solltet euch zu Wort melden und der Familie mitteilen, dass ihr vielleicht helfen könnt. Die Sache ist die, wir sind besorgt über die Gegenstände, die gestohlen wurden. Wir wollen nicht, dass etwas schiefgeht, wenn wir nicht alles zusammenbringen können. Also wäre jede Hilfe, die ihr anbieten könntet, um eure Familie ins Boot zu holen, damit wir alle auf dem gleichen Stand sind, sehr hilfreich.«

Sally musterte mich ein paar Augenblicke lang, dann zuckte sie mit den Schultern. »Ich stimme zu. Das ist genau das, was ich neulich zu Rae gesagt habe. Wir müssen bei so etwas zusammenhalten.«

»Sagen Sie Ihrer Mutter, sie soll mit unserem Cousin sprechen, und ich werde Albert selbst anrufen«, sagte Rae und verdrehte die Augen. »Die Leute sind ein wenig verärgert über uns, weil wir den ganzen Wirbel um Alvin verursacht haben.«

»Nun, vielleicht ist das eure Chance, euch zu rehabilitieren«, fügte Bets fröhlich hinzu. »Es würde allen helfen – nicht nur eurer Familie, sondern ganz Charm Cove. Unabhängig von unseren Bedenken darüber, welche Gegenstände von den Hexenfamilien gestohlen wurden, bleibt die einfache Tatsache bestehen, dass in eine Reihe von Geschäften und Häusern eingebrochen wurde. Das ist nicht sicher, und wir brauchen Charm Cove als einen Ort, der sich sicher anfühlt.«

Ich hätte fast laut losgelacht, aber ich biss mir auf die Innenseite der Wangen und blieb ruhig. Bets wusste, wie man Menschen manipulierte, wenn sie es wollte. Ich zweifelte nicht daran, dass sie Sally und Rae gerade für die höhere Berufung gewonnen hatte, bei der Lösung der Einbrüche zu helfen.

KAPITEL DREIZEHN

Am nächsten Morgen war Samstag, also holte ich die Zwillinge ab, um sie mit in den Laden zu nehmen, und wir gingen gemeinsam zu Magic Beans hinüber. Nachdem wir uns einen Kaffee, für die beiden süße Getränke und für uns alle Scones besorgt hatten, machten wir uns auf den Rückweg über den Dorfanger.

Es war früh, die Herbstluft klar und kühl. Wenig überraschend war Beatrice Powers mit ihrer Walkinggruppe energisch auf dem Dorfanger unterwegs. In dem Moment, als Beatrice mich mit den Zwillingen sah, änderte sie ihren Kurs und eilte zu uns herüber.

Sie kam vor uns schlitternd zum Stehen und lächelte strahlend. »Guten Morgen, Mädchen, wie geht es euch?«

Beatrice sprach genauso, wie sie ging – jedes Wort energisch und deutlich. Celia und Delia lächelten. »Hi, Beatrice«, sagten sie fast im Chor.

»Guten Morgen«, fügte ich hinzu.

Beatrice trat näher, lehnte sich vor und senkte ihre Stimme. »Ich habe diesen Mann wieder gesehen.«

Die Zwillinge waren nicht eingeweiht in mein früheres Gespräch mit Beatrice, aber sie wussten natürlich von den Bedenken, die in der

Stadt wegen der Einbrüche kursierten. Ihre Augen weiteten sich, und ich konnte sehen, dass sie begeistert waren, Teil dieses Gesprächs zu sein.

»Wo und wann?«, fragte ich leise.

Die Sonne glitzerte auf Beatrices kurzen silbernen Haaren, als sie mit besorgtem Blick noch näher trat. »Nun, diesmal habe ich ihn zweimal gesehen. Das erste Mal war spät gestern Abend. Ich sitze immer mit einer Tasse Tee am Erkerfenster, bevor ich ins Bett gehe«, erklärte sie und gestikulierte vage in Richtung ihres Hauses an der fernen Ecke des Angers. »Also trank ich meinen Tee, und bei eingeschalteter Straßenbeleuchtung kann ich sehen, wer draußen unterwegs ist. Da war er. Er schaute in die Fenster von The Ink Spot und dann zu Beauty Bewitched hinüber. Und dann ging er einfach weiter. Er hielt nicht an, um in andere Läden zu schauen. Dann, heute Morgen, bevor die Sonne überhaupt aufgegangen war, sah ich ihn wieder. Diesmal war er bei Magic Beans. Er lief um den Anger herum und schaute dann in mehrere weitere Schaufenster, auch in deins«, sagte sie mit skandalisiertem Tonfall.

»Wie sieht er aus?«, fragte Celia.

Beatrice sah sie an. »Nun, er ist auf jeden Fall groß und dünn mit dunklen Haaren. Natürlich konnte ich aus dieser Entfernung nicht erkennen, welche Augenfarbe er hat. Das ist alles, was ich Ihnen sagen kann. Er trägt außerdem dunkle Kleidung.«

»Sind Sie sicher, dass er nicht einfach ein Laubgucker ist?«, fragte Delia.

Beatrice presste die Lippen zusammen und ihr Blick wurde nachdenklich. »Das glaube ich nicht. Ich lebe hier seit meiner Geburt. Touristen sehen anders aus. Ihre Neugier ist allgemeiner. Er hat etwas Bestimmtes an sich. Er suchte nach etwas oder jemandem Bestimmtem.«

»Nun, ich denke, Sie sollten das mit Daniel besprechen. In der Zwischenzeit, ohne dass Sie sich extra bemühen müssen, hoffe ich sehr, dass Sie bei Ihrer Aussicht weiterhin Ihren Morgen- und Abendtee genießen«, fügte ich hinzu.

Beatrice lächelte strahlend. »Nun, darüber müssen Sie sich keine

Sorgen machen, meine Liebe. Ich trinke meinen Morgen- und Abendtee, egal was passiert. Die Welt könnte kurz vor dem Ende stehen, und die vier apokalyptischen Reiter könnten im Anmarsch sein, und ich würde immer noch meinen Morgen- und Abendtee trinken. Haltet auch ihr die Augen offen«, sagte sie und zeigte auf die Zwillinge und dann auf mich.

Mit einem letzten strahlenden Lächeln drehte sie sich um. Ihr Gang begann in normalem Tempo, und dann war es, als würde man einen Motor aufheulen sehen. Sie beschleunigte schnell und holte ihre Walkinggruppe ein, übernahm wieder die Führung.

Celia und Delia sahen mich an. »Wer glaubst du, ist es?«, fragte Celia.

»Ich weiß es nicht, Mädchen. Aber kommt, lasst uns an die Arbeit gehen. Ihr habt ja schon aufgepasst, macht einfach weiter so.«

Wir begannen zu arbeiten. Mit einem stetigen Strom von Kunden, die ein- und ausgingen, war ich fast am Verhungern, als die Mittagszeit kam. Als hätte sie meine Gedanken gelesen, hörte ich die Glocke über der Tür klingeln, und dann trat meine Mutter mit einer Papiertüte vom Charm Café herein.

Mit klimpernden Armbändern und ihrem Rock, der um ihre Knöchel wirbelte, näherte sie sich der Theke. »Ich dachte, ihr Mädchen hättet Hunger, also habe ich Mittagessen mitgebracht. Krabben-Sandwich für die Zwillinge und dann dein Lieblings-Reuben-Sandwich. Warum essen wir nicht hinten?«, fragte meine Mutter.

Nach einem schnellen Blick wusste ich, dass es nicht zu viel los war, um eine Pause zu machen. Es gab eine leichte Flaute im Laden zur Mittagszeit, wenn die Touristen normalerweise zum Mittagessen in der Stadt verstreut waren.

»Mädchen, ihr könnt die Theke beobachten«, rief sie, als sie ihre Sandwiches und einige Servietten herausholte.

Celia und Delia eilten herbei und drückten meiner Mutter Küsse auf die Wangen, bevor sie sich auf die Hocker hinter der Theke setzten, um ihr Mittagessen zu genießen. Meine Mutter nickte mit dem Kinn nach hinten, mein Zeichen, dass sie mit mir sprechen musste, während wir aßen.

Der Perlenvorhang klimperte leise hinter uns, als wir nach hinten gingen. Nachdem wir uns auf einige Hocker neben dem Arbeitstisch gesetzt hatten, sah sie herüber. »Sally und Rae sind heute Morgen zu The Ink Spot gegangen, und wir haben herausgefunden, was von dort verschwunden ist. Sie haben Flugblätter aus der Zeit der Hexenprozesse von Salem mitgenommen. Zwei Familien sind damals komplett aus der Gegend verschwunden – eine der Burroughs-Familien und eine der Proctor-Familien. Wenn man sich die Geschichte ansieht, wurden sowohl ein Proctor als auch ein Burrough während der Prozesse getötet, aber diese Familien verschwanden, bevor das geschah.«

»Nun, Abby Proctor ist der Name der Frau, die in dem Haus ist. Sie sagte, sie habe das Haus von der Cousine ihrer Mutter geerbt, die keine Kinder hatte«, erklärte ich zwischen ein paar Bissen.

Meine Mutter nickte und unterbrach sich für einen Bissen von ihrem Sandwich. Ich nahm einen Schluck aus der Wasserflasche, die sie mir gereicht hatte, und mehrere Bissen von meinem Sandwich, während sie schwieg.

»Ach, und ich habe Liam gebeten, mit seiner Mutter über die Geschichte der Familie Proctor für dieses Haus zu sprechen. Du weißt, wie sehr sie dieses Zeug liebt und über all die verschiedenen Häuser Buch führt. Ich dachte, sie wäre eine gute Wahl dafür.«

Meine Mutter blickte mich an, ein Funkeln in ihren Augen. »Wir denken gleich, Liebes. Ich habe sie bereits angerufen, weil ich genau dasselbe dachte. Meine Vermutung ist, dass derjenige, der mit diesen Einbrüchen zu tun hat, irgendwie mit diesen beiden Familien verbunden ist. Was alles andere betrifft, das gestohlen wurde, haben wir alles inventarisiert. Abgesehen von deinen Tränken wurden aus jedem Haus zwei Gegenstände entwendet, alles mächtige Dinge. Dein Vater und ich glauben, dass jemand versucht, Macht für seine Familie zurückzugewinnen.«

»Das habe ich mich auch gefragt. Aber wer? Und warum? Es gibt nicht viele Hexenfamilien, die ihre Macht komplett verloren haben.«

Nachdem sie einen Bissen ihres Sandwichs beendet und einen Schluck Wasser genommen hatte, neigte meine Mutter ihren Kopf zur Seite. »Stimmt, aber als in Salem alles hässlich wurde, haben sich einige Familien deswegen gespalten. Die Leute hatten Angst. Du musst verstehen, wie erschreckend es war. Unsere Familien flohen aus der Gegend, bevor alles eskalierte. Wer weiß, was mit uns passiert wäre, wenn wir das nicht getan hätten?«

»Ich weiß, Mama, aber du warst auch nicht dabei. Es ist schwer zu wissen, wie und warum Familien beschlossen haben zu gehen.«

Meine Mutter verdrehte die Augen. »Liebes, ich war nicht dabei, aber die Geschichten wurden weitergegeben. Du kennst die Geschichte genauso gut wie ich. Die Menschen waren verängstigt und terrorisiert. Es würde reichen, wenn eine Familie floh, sich abspaltete und der Magie abschwor, um die Macht zu verlieren. Eine oder zwei Generationen später wäre niemand mehr da, um die Macht zu teilen oder jemandem beizubringen, wie man mit seiner Macht umgeht, wenn er sie spürte. Ich habe das Gefühl, dass derjenige, der diese Gegenstände gestohlen hat, versucht, zurückzuholen, was er verloren hat.«

»Müssen wir uns Sorgen machen? Nun, wir sind besorgt, aber müssen wir Angst haben, wenn sie es schaffen, ihre Macht zurückzugewinnen?«, fragte ich.

Meine Mutter zuckte mit den Schultern. »Ich weiß es nicht. Es kommt darauf an, was sie damit vorhaben. Wir leben hier in Charm Cove ziemlich abgeschirmt. Alle Hexenfamilien hier praktizieren nur gute Magie. Wir wissen von schwarzer Magie und wissen, wie man sie abwehrt, aber niemand hier versucht, sie für sich zu beanspruchen oder zu nutzen. Es könnte potenziell verheerend sein, wenn jemand das täte.«

Ich wusste genug über schwarze Magie, um zu wissen, wie erschreckend das sein könnte. Noch schlimmer... »Besonders wenn sie nicht wissen, wie man sie richtig einsetzt«, fügte ich hinzu.

Ich wusste ein bisschen darüber, was passiert, wenn Emotionen Zauber antreiben. Das Letzte, was die Welt brauchte, war eine Hexe mit schlechten Absichten, die ihre Macht nicht kontrollieren und verfeinern konnte. Das war millionenfach schlimmer als ein gieriger Politiker an der Macht.

»Nun, hast du eine Ahnung, ob es jemand aus der Gegend sein könnte?«, fragte ich.

Meine Mutter hob elegant ihre Schulter. Egal was sie tat, sie schaffte es immer, elegant zu sein. Heute trug sie einen langen, eng anliegenden Rock über Stiefeletten mit einer lockeren cremefarbenen Seidenbluse. Tropfenförmige Silberohrringe baumelten an ihren Ohren, ihr Armband mit mehreren anderen kombiniert. Ihr Haar war zu einer Verzwirbung hochgesteckt, die von einem Silberstäbchen durchbohrt wurde, um es an Ort und Stelle zu halten.

»Ich glaube nicht. Ich habe aufgepasst, und ich spüre nicht, dass jemand versucht, etwas Bedeutendes zu verbergen. Zumindest niemand, der meinen Weg gekreuzt hat«, meinte sie und bezog sich dabei auf ihre Fähigkeit, spüren zu können, wenn Menschen etwas verbargen, und Hinweise auf die Details rund um das Geheimnis zu sehen.

Der Nachteil ihrer Macht war, dass sie normalerweise wusste, wenn jemand etwas im Schilde führte, wie zum Beispiel eine Affäre. Wahrscheinlich hätte sie herausfinden können, was mit Alvin passiert war, wenn er noch am Leben gewesen wäre, damit sie etwas Zeit mit ihm hätte verbringen können. Sie hätte gewusst, dass er seine Affären verheimlichte. Doch weder er noch die Bishop-Zwillinge hatten ihren Weg in der Zeit unmittelbar vor seinem Tod gekreuzt.

»Nun, unser Hauptverdächtiger ist derzeit Abby Proctor. Aber ...«, ich hielt inne und dachte an das einseitige Gespräch, das ich neulich in ihrem Haus belauscht hatte. »Ich habe nicht den Eindruck, dass sie so eine Person ist. Ich sage nicht, dass sie nicht versuchen würde, Macht zurückzuerlangen, aber ich glaube einfach nicht, dass sie eine Kriminelle ist. Ich wünschte, ich wüsste, mit wem sie neulich Abend gesprochen hat.«

Meine Mutter beendete ihr Sandwich und tupfte sich mit einer Serviette den Mund ab. »Das ist der Nachteil, wenn man unangekündigt in Häuser schleicht«, sagte sie mit einem Kichern.

Ich verdrehte die Augen und zuckte ungeniert mit den Schultern. »Hey, ich habe getan, was ich tun musste. Vielleicht schaue ich mal bei Abby vorbei. Sie war freundlich genug, also könnte ich es wahrscheinlich als nette Geste einer Einwohnerin von Charm Cove durchgehen lassen.«

Meine Mutter stand vorsichtig auf und sammelte die Papierteller und Servietten vom Tisch, während ich den letzten Bissen meines

Sandwiches beendete. Als sie durch den Raum ging, um es in den Müllsack zu werfen, rief sie herüber: »Was immer du tust, sei vorsichtig.«

»Natürlich, Mama. Wenn es brenzlig wird, kann ich mich immer in Rauch auflösen und von dort verschwinden.«

Mit einem Lachen schnappte sich meine Mutter ihre Handtasche von der Theke und winkte, als sie wieder nach vorne ging.

KAPITEL VIERZEHN

Nachdem die Zwillinge später am Nachmittag mit Tante Lea gegangen waren, werkelte ich vorne im Laden herum, räumte einige Vitrinen um und grübelte über die verschiedenen Teile des Einbruchpuzzles nach, die wir bisher zusammengesetzt hatten. Die Glocke über dem Haupteingang läutete, und ich schaute über meine Schulter. Siehe da, Abby Proctor war hier. Vielleicht müsste ich nicht versuchen, mich noch einmal in ihr Haus zu schleichen.

Ich ging schnell zur Theke und begrüßte sie: »Hallo, Abby, schön, dich wiederzusehen. Was führt dich heute hierher?«

Abby rückte ihre Brille auf der Nase zurecht und fuhr sich mit der Hand durch die Haare. Wieder einmal war sie ordentlich gekleidet. Sie trug eine schmal geschnittene Hose und eine hellblaue Knopfleistenbluse. Mit praktischen Wanderstiefeln sah sie aus, als wäre sie bereit für einen Tag in der Innenstadt von Charm Cove. Sie lächelte mich an und legte ihre Hände an den Rand der Theke, während ich um diese herumging.

»Kann ich dir irgendwie helfen?«, fügte ich hinzu.

Sie zögerte, als würde sie ihre Worte abwägen, und dann sprudelten ihre Worte schnell heraus. »Nun, du warst neulich wirklich nett zu mir, also dachte ich, vielleicht könnte ich dir das erzählen, und du könntest mir sagen, wen ich um Hilfe bitten könnte.«

Innerlich machte ich einen kleinen Freudentanz, allein weil es schien, als wäre sie bereit, mir etwas anzuvertrauen. Ich war überglücklich, dass sie ausgerechnet mich ausgewählt hatte, um Hilfe zu bitten.

Ich zwang meine Miene zur Ruhe und nickte. »Natürlich. Was ist los?«

»Nun, du weißt doch, dass es all diese Einbrüche in der Stadt gab?«

Ah, vielleicht hatte sie sich entschieden, ihre Bedenken wegen eines Einbruchs in ihrem Haus zu erwähnen. Ich nickte. »Allerdings. Dieser Laden war eines der Ziele. Weißt du etwas darüber?«

Sie schluckte nervös und drückte ihren Finger wieder auf die Mitte ihrer Brille, um sie unnötigerweise auf ihrer Nase zurechtzurücken. »Nun, jemand ist in das Sommerhaus eingebrochen, in dem ich wohne. Ich war erst einen Tag oder so hier, bevor es passierte. Ich war noch nie in dem Haus gewesen, also hat es mich wirklich erschreckt. Dann hörte ich, wie alle über die Einbrüche in der Stadt redeten, und ich hatte Angst, dass jemand mir die Schuld geben würde, weil ich niemanden kenne. Ich meine, außer ein paar Ladenleuten wie dir und Sarah, die bei Magic Beans arbeitet.«

»Weißt du, was sie aus dem Haus mitgenommen haben?«, fragte ich.

Abbys schmale Schultern hoben und senkten sich, als sie tief einatmete und mit einem Seufzer wieder ausatmete. »Nun, ich weiß es nicht wirklich. Aber alles auf dem Dachboden war auf den Kopf gestellt. Ich hätte es ehrlich gesagt wahrscheinlich nicht einmal bemerkt, aber ich war am Tag zuvor durch das ganze Haus gelaufen und hatte die Tür zum Dachboden offen gelassen. Aber als ich nach dem Einkaufen an diesem Abend zurückkam, war sie geschlossen. Als ich nach oben ging, sah es aus, als wären alle Kisten dort oben explodiert – sie waren aufgerissen, und die Sachen lagen überall verstreut herum.«

Ich sah sie aufmerksam an. Mein Bauchgefühl sagte mir, dass sie die Wahrheit sagte, aber sie hatte recht. Es gab guten Grund, sie als Verdächtige zu betrachten. Ich hatte sie definitiv ganz oben auf meine Liste gesetzt. Meines Wissens nach wusste sie nicht, dass ich eine

Hexe war und nicht, dass ich mit dem Großteil meiner Familie die Einbrüche untersuchen würde.

»Hast du mit jemandem gesprochen, der vorher in dem Haus war?«, fragte ich und dachte an die Person am anderen Ende des Telefongesprächs.

»Nicht wirklich. Wie ich neulich schon sagte, dieses Haus gehörte einer Cousine meiner Mutter. Sie hatte keine Kinder. Irgendwann hörte die Familie auf, hierher zu kommen, und als sie dann starb, hinterließ sie es mir in ihrem Testament.« Abby legte die Hand auf ihre Brust und schüttelte den Kopf. »Ich weiß immer noch nicht, warum sie es mir hinterlassen hat.«

Ich nahm das zur Kenntnis, konzentrierte mich aber auf den Moment. »Weißt du, ob jemand aus deiner erweiterten Familie gewusst hätte, was hier ist?«

Abby schüttelte langsam den Kopf. »Ich weiß es wirklich nicht. Meine Mutter hatte seit Jahren nicht mehr mit ihrer Cousine gesprochen. Das letzte Mal, als meine Mutter in dem Haus war, war sie noch ein kleines Mädchen. Die Eltern ihrer Cousine starben, als sie jung waren, und sie waren die letzten Leute, die hierher kamen und das Haus regelmäßig nutzten. Nachdem ihre Eltern gestorben waren, wurde die Cousine meiner Mutter zu den Verwandten ihres Vaters geschickt, und ich schätze, niemand wusste von dem Haus oder kümmerte sich darum. Wenn sie als Erwachsene in das Haus kam, wusste ich sicherlich nichts davon. Ich könnte mir vorstellen, dass die Leute hier mehr über dieses Haus wissen als ich. Also was soll ich tun?«

Ich stellte das Offensichtliche fest. »Nun, ich bin froh, dass du es mir gesagt hast, aber ich denke, wir sollten die Polizei informieren.«

Abby wirkte nervös, aber sie nickte. »Okay, aber ich kann ihnen nicht einmal sagen, ob etwas fehlt.«

»Ja, aber zumindest weiß die Polizei dann von einem weiteren Einbruch, der genau zur gleichen Zeit wie alle anderen passiert ist. Bei einem schönen Haus wie diesem und dem Grundstück, auf dem es steht, ist es überraschend, dass sich niemand in deiner Familie dafür interessiert hat.«

Ihre Stirn runzelte sich, als sie schluckte und ihre Brille zurechtrückte. »Nun, es gibt einen. Ich habe einen anderen Cousin aus Boston

– Richard Burroughs. Er ist ein Neffe von der Seite meiner Mutter. Ich weiß, es klingt verwickelt, aber ich glaube, er ist der Neffe der Schwester der Cousine meiner Mutter oder so ähnlich. Jedenfalls rief er mich wegen des Hauses an, nachdem ich es geerbt hatte, und fragte, ob ich es verkaufen wolle. Ich weiß nicht, was ich vorhabe, und das habe ich ihm auch gesagt. Dann hatte er all diese Fragen dazu. Du wirst wahrscheinlich denken, ich bin verrückt...« Ihre Worte verloren sich, als sie innehielt, den Kopf zur Seite neigte und mich einschätzte. Sie wirkte etwas zögerlich.

»Abby, ich lebe in Charm Cove. Du weißt, was man über diese Stadt sagt. Hier gibt es alle Arten von Magie. Es gibt nicht viel, was du mir sagen könntest, was ich für verrückt halten würde. Worüber machst du dir so Sorgen?«

Abby biss sich auf die Lippe, und ein kleiner Seufzer entwich ihr. »Die Cousine meiner Mutter war angeblich eine Hexe, oder so sagt man. Ich habe nie viel darüber nachgedacht, bis ich dieses Haus bekam und bis mein Cousin Richard anrief.«

»Was weiß Richard darüber, dass deine Cousine eine Hexe war?«, fragte ich, wobei mein ruhiger Ton meine innere Aufregung verbarg. Endlich, *endlich* könnte das irgendwo Nützliches hinführen.

Inzwischen rotierte mein inneres Radar wild. Mein Verstand fühlte sich an wie ein Kompass, der nicht nach Norden ausgerichtet war und einfach im Kreis drehte. Dieses vertraute Kribbeln raste meine Wirbelsäule hinauf, über meine Schultern und hinunter bis zu meinen Fingerspitzen, sodass meine Hände kribbelten. Richard musste die Person am anderen Ende des Telefongesprächs gewesen sein, als ich im Haus war. Wenn die Proctors Hexen waren, dann war Richard es vielleicht auch.

»Nun...«, begann Abby, ihre Worte immer noch langsam, als würde sie erwarten, dass ich ihr sage, sie sei verrückt. Sie wusste ja nicht, dass sie vor einer echten Hexe stand. »Richard glaubt, dass im Haus Magie steckt. Er hat mir all dieses verrückte Zeug erzählt. Er wollte, dass ich dort einige Dinge finde, aber ich kann nichts finden. Die Kisten oben sind nur voll mit Sachen wie Vorhängen, Laken und Büchern. Es gibt keine Zauberstäbe oder irgendetwas anderes als völlig gewöhnliche Sachen. Nicht dass ich glaube, dass nur Zauberstäbe magisch sein können, aber irgendwie bezweifle ich, dass staubige Vorhänge es sind.«

Ihr Kommentar erinnerte mich daran, dass ich mich ein bisschen zu wohl mit ihr fühlte. Sie war zweimal hier gewesen und hatte gezielte Fragen zu unseren Zauberstäben gestellt. Vielleicht wusste sie mehr, als sie zugab, und versuchte, dumm zu spielen, nur um mich dazu zu bringen, ihr mehr Informationen zu geben.

»Ist dir jemals der Gedanke gekommen, dass Richard derjenige gewesen sein könnte, der in das Haus eingebrochen ist, wenn er so viele Fragen darüber stellt?«

Abbys Augen weiteten sich, und ihre Nasenflügel blähten sich. »Ich habe mir schon ein bisschen Sorgen gemacht«, sagte sie schließlich. »Aber er lebt in Boston und war nirgendwo in der Nähe.«

»Lass uns den Polizeichef jetzt hierher kommen lassen. Was meinst du dazu? Du kannst ihm deine Aussage geben und ihn dann zu deinem Haus mitnehmen.«

Abby nickte zögernd. Ich wartete nicht, um ihr die Chance zu geben, einen Rückzieher zu machen, also rief ich schnell Daniel an, der sagte, er würde in Kürze da sein. Er war innerhalb von Minuten da.

Nachdem er Abbys Aussage aufgenommen hatte, winkte er zum Abschied, als sie den Laden verließen, um ihr Zuhause zu überprüfen. Ich hatte es kaum erwarten können, meine Mutter anzurufen, seit Abby sich mir anvertraut hatte, also war ich mehr als erleichtert, endlich ein bisschen Privatsphäre im Laden zu haben.

Nachdem ich abgeschlossen hatte, eilte ich nach hinten und vergewisserte mich, dass für die Nacht alles sicher war. Erst als ich sicher in meinem Auto saß, tätigte ich meinen Anruf. Nachdem ich auf dem Heimweg meine Mutter angerufen und sie informiert hatte, rief ich schnell Liam an. Als er nicht ranging, hinterließ ich eine Nachricht.

»Ich nehme an, du kommst sowieso vorbei, aber ich habe Neuigkeiten. Bis gleich.«

Als ich zu Hause ankam, sprang Ghost wie üblich zur Begrüßung von meiner Schulter auf den Boden. Mit zuckendem Schwanz beäugte er mich, als ich mich vorbeugte, um ihn zu streicheln. Nachdem ich ihn gefüttert hatte, schaute ich auf mein Handy und fragte mich, ob es weitere Neuigkeiten gab. Als ich langsam ungeduldig wurde, wurde mir klar, dass, wenn Abby uns die Wahrheit sagte, die einzigen Updates, die Daniel haben würde, die Überprüfung ihres Hauses wären. Da Abby nicht einmal wusste, was vom Dachboden fehlte, gäbe es nicht viel zu erfahren.

Ganz zu schweigen davon, dass Daniel mich kaum mit einem persönlichen Update anrufen würde. Du weißt schon, die Integrität seiner Ermittlungen und all das.

Ich hatte mir gerade ein Glas Wein eingeschenkt und schaute in meinen Kühlschrank, um abzuschätzen, was ich zum Abendessen machen sollte, als es scharf an der Tür klopfte. Als ich mich umdrehte, sah ich erfreut, wie Liam eintrat. »Hey, habe deine Nachricht bekommen«, rief er.

Er streifte seine Jacke ab, hängte sie auf und zog seine Stiefel aus, bevor er in die Küche kam. Er senkte den Kopf und fing meine Lippen in einem schnellen Kuss ein. Irgendwie, egal wie oft ich Liam Good küsste, sandte es immer Hitze durch meine Adern und Schmetterlinge wirbelten in meinem Bauch.

Als er sich zurückzog, blitzten seine Augen dunkel auf, und das darin enthaltene Versprechen jagte einen heißen Schauer durch mich. Verwirrt drehte ich mich um, öffnete den Kühlschrank erneut und fragte über meine Schulter: »Bier?«

»Auf jeden Fall«, antwortete er.

Es sagte einiges aus, dass ich jetzt einen Sechserpack seines Lieblingsbieres in meinem Kühlschrank aufbewahrte. Er war fast jeden Abend hier. Für einen Moment begann mein Verstand, über all das nachzudenken und was es bedeutete. Mit einem energischen Schubs brachte ich meine Aufmerksamkeit zurück zu den neuesten Enthüllungen.

. Ich rutschte auf den Hocker gegenüber von ihm an der Theke und reichte ihm sein Bier zusammen mit dem Flaschenöffner. Sobald er den Deckel entfernt hatte, nahm er einen langen Schluck aus der Flasche, während er gedankenverloren den Deckel unter seinem Finger auf der Theke hin und her rollte.

»Ich bin am Verhungern«, bot ich an. »Sollen wir Pizza bestellen?«

»Klingt gut für mich.« Er zog sein Handy aus der Tasche und hob eine Augenbraue. »Pepperoni oder Griechisch?«

»Wie wäre es mit halb und halb?«

Sein Mund verzog sich zu einem Grinsen, als er schnell anrief und die Pizza bestellte. Nachdem er das Gespräch beendet hatte, legte er sein Handy auf den Tisch. »Also, was gibt's Neues?«

»Oh, Abby Proctor kam in den Laden.«

Er nickte. »Ja. Ich habe Neuigkeiten über diese beiden Familien von meiner Mutter. Aber du zuerst.«

»Nun, Abby kam heute Nachmittag in den Laden. Sie war ganz nervös, mit mir zu sprechen, und erzählte mir dann, dass in das Sommerhaus, das sie gerade geerbt hat, auch eingebrochen wurde, wie ich es in diesem Anruf von ihr gehört hatte. Es passierte gleich nachdem sie hierhergekommen war. Der einzige Grund, warum sie überhaupt etwas bemerkte, war, dass sie auf den Dachboden gegangen war und die Tür offen gelassen hatte. Als sie später zurückkam, war die Tür geschlossen. Sie sagte, die Kisten dort oben wären ein Durcheinander gewesen.«

Liam neigte seinen Kopf zur Seite und nickte langsam. »Hat sie eine Ahnung, was fehlt?«

»Nein«, sagte ich mit einem Seufzer, bevor ich einen Schluck von meinem Wein nahm. »Sie ist kaum dort gewesen. Ich habe sie überredet, Daniel anzurufen, um eine Anzeige zu erstatten. Soweit Abby weiß, hatte die Cousine ihrer Mutter, die ihr das Haus hinterlassen hat, keine Kinder. Als die Eltern der Cousine starben, wurde sie weggeschickt, um bei den Verwandten ihres Vaters zu bleiben. Danach stand das Haus die ganze Zeit einfach leer. Außerdem hat sie einen Cousin namens Richard aus Boston, der ziemlich aufdringlich wegen des Hauses war. Er will, dass sie es ihm verkauft. Sie sagte, er glaubt, dass Magie im Haus steckt, und hat all diese Fragen dazu gestellt.«

Ich machte eine Pause und nahm noch einen Schluck von meinem Wein, wobei ich meinen Finger hochhielt, als er zu sprechen begann. »Moment. Daniel ist also losgegangen, um das Haus zu überprüfen, aber vor all dem kam meine Mutter vorbei. Sie ist ziemlich sicher, dass derjenige, der all das Zeug nimmt, wahrscheinlich aus einer Familie stammt, die ihre Macht verloren hat. Alles deutet auf die Verwendung eines Zaubers hin, um sie zurückzufordern.«

Liams Augen verengten sich, sein Blick besorgt. »Das klingt nicht so gut.«

»Genau. Ich meine, wenn es für harmlose Zwecke ist, ist das trotzdem besorgniserregend, weil sie wahrscheinlich nicht einmal wissen werden, wie sie ihre Magie einsetzen sollen, aber wenn jemand versucht, das zu tun, und er Böses im Schilde führt, dann haben wir ein echtes Problem. Ich kann mir kaum etwas Schlimmeres vorstellen als jemanden, der schwarze Magie sucht und nicht weiß, wie er seine Kraft einsetzen soll.«

»Verdammt«, murmelte Liam, bevor er einen kräftigen Schluck von seinem Bier nahm.

»Also, was hat deine Mutter über die Proctors herausgefunden?«

»Ach ja. Der Zeitrahmen passt gut für die letzte Familie, die regelmäßig in das Haus kam. Du kennst meine Mutter; sie ist ganz versessen auf das Genealogie-Zeug. Sie hat auf einigen Websites herumgestöbert, aber sie hat auch all ihre alten Bücher mit den Stammbäumen der verschiedenen Hexenfamilien herausgeholt. Was sie gefunden hat, passt genau zu dem, was deine Mutter befürchtet. Keine der Familien in der jüngeren Geschichte, die zu diesem Sommerhaus kamen, hatte Magie. Tatsächlich wurde angenommen, dass sie keine Hexen waren. Aber sie hat die Linie zurückverfolgt, und drei Zweige der Familie Proctor hatten Salem während der Hexenprozesse von Salem verlassen. Alle drei dieser Zweige gingen in der Geschichte verloren. Soweit jemand weiß, nutzte keiner von ihnen weiterhin seine Kraft. Einer dieser Zweige landete in New Hampshire und ein anderer im Großraum Boston. Dieses Papier, das du mit den aufgelisteten Familien hattest?«

Ich nickte, um zu zeigen, dass ich wusste, was er meinte.

»Jedenfalls waren die Burroughs eine andere Familie mit einigen Zweigen, die das Gebiet während der Prozesse verließen. Sowohl ein Proctor als auch ein Burroughs wurden während der Hexenprozesse von Salem getötet. Dasselbe gilt für die Burroughs-Familien, die weggingen – sie blieben mit niemandem in Kontakt, und es gibt nirgendwo Aufzeichnungen darüber, dass sie Magie verwendet hätten. Meine Mutter kam zum gleichen Schluss wie deine. Alles deutet darauf hin, dass jemand versucht, die Macht seiner Familie zurückzufordern. Glaubst du, es ist Abby?«

Ich nahm noch einen Schluck von meinem Wein, gerade als es an der Tür klingelte. Liam stand schnell auf. »Ich geh schon«, rief er über seine Schulter.

»Brauchst du etwas Bargeld?«, rief ich zurück.

Er schüttelte den Kopf, als er die Tür öffnete. Er zog seine Brieftasche heraus, reichte einen Zwanzig-Dollar-Schein, nahm die Pizza und winkte dem Lieferanten zu, wobei er ihm sagte, er solle den Rest als Trinkgeld behalten.

Wir machten es uns gemütlich, um unsere Pizza zu genießen. Zwischen den Bissen stellte ich Liam noch ein paar Fragen darüber, was seine Mutter über die Familie Proctor herausgefunden hatte. Als ich unsere Teller in die Spülmaschine stellte und die Pizzaschachtel schloss, um die Reste in den Kühlschrank zu schieben, schaute ich hinüber. »Also, was tun wir?«

Er warf seine Bierflasche in den Recyclingbehälter unter der Spüle und ging dann zur Couch, während ich ihm folgte. »Angenommen, wir können herausfinden, wer es ist, bin ich mir nicht sicher. Als ich gestern Abend mit meiner Mutter sprach, sagte sie, es gäbe keinen Zauber, der jemanden mit tatsächlicher Macht davon abhalten könnte, sie zurückzufordern.«

»Ja, das hat meine Mutter auch gesagt. Ich hoffe nur, wir können herausfinden, wer es ist. Vielleicht haben sie nichts Böses im Sinn. Aber wie würden sie es überhaupt herausfinden?«

»Was herausfinden?«, fragte er, als wir uns auf der Couch niederließen und er sich vorbeugte, um die Fernbedienung vom Couchtisch zu nehmen.

»Herausfinden, dass sie von Hexen abstammen? Wenn die Familie nicht offen darüber ist – was sie wahrscheinlich nicht wären, wenn sie die Nutzung ihrer Kraft verloren haben – woher sollten sie es wissen?«

Liam zuckte mit den Schultern. »Wenn es ein Proctor oder ein Burroughs ist, können sie sicherlich durch ihre Familiengeschichte herausfinden, dass sie Familienmitglieder hatten, die bei den Hexenprozessen von Salem starben. Es ist nicht so, dass ihre Kraft tatsächlich vollständig verschwindet. Sie wissen nur nicht, wie sie sie nutzen sollen, und sie wird schwach. Sie müssen sie zurückfordern, um sie stark genug zu machen, um sie zu nutzen.«

Ich holte tief Luft und ließ sie mit einem langsamen Seufzer wieder aus. »Richtig. Es bereitet mir einfach Sorgen.«

Liam streckte seinen Arm über meine Schultern und zog mich in seine Armbeuge. »Es sorgt jeden, der davon weiß. Wir kommen der Sache näher. Da Abby jetzt redet, egal ob sie beteiligt ist oder nicht, öffnet sich eine weitere Tür. Wir müssen deine Mutter in ihre Nähe bringen, denn wenn sie noch etwas anderes verheimlicht, wird deine Mutter es wissen«, bot er mit einem leisen Lachen an.

»Natürlich. Sie hat Daniel gebeten, sie anzurufen, falls Abby in den nächsten Tagen auf der Wache sein sollte. Ich habe auch versprochen, ihr eine SMS zu schicken, wenn Abby im Laden auftaucht. Du kennst sie; sie wird alles stehen und liegen lassen und herübereilen.«

Liam schaltete den Fernseher ein, und ich kuschelte mich an ihn, während ich spürte, wie die Anspannung des Tages nachließ. Mein Verstand drehte sich immer noch im Kreis um all das, aber es gab nicht viel mehr, was ich heute Abend tun konnte.

Ich muss auf der Couch eingeschlafen sein, denn ich wachte in Liams Armen auf, als er mich die Treppe hinauf ins Schlafzimmer trug. Der Schleier meines Schlafes wurde kaum durchbrochen. Ich erinnere mich, wie ich mich unter den kühlen Laken eng an seine Seite schmiegte und dachte, dass ich vielleicht, nur vielleicht, aufhören sollte, bei ihm auf Nummer sicher zu gehen.

KAPITEL FÜNFZEHN

Stunden später – ich hatte keine Ahnung, wie spät es war – miaute Ghost unaufhörlich. Ich wachte gleichzeitig mit Liam auf. Sein Arm lag um meine Schultern, seine Hand strich beruhigend über meinen Rücken.

»Was zum Teufel ist mit Ghost los?«, murmelte Liam mit schlaftrunkener, rauer Stimme.

Ich schüttelte meinen Kopf, weil ich immer noch halb benommen war. »Ich weiß nicht.«

Langsam richtete ich mich auf und lehnte mich gegen das Kopfteil, um Ghost zu sehen, der am Fußende des Bettes saß und seinen Schwanz über die Bettdecke hin und her schwenkte. Obwohl es dunkel war, stach er mit seinem weißen Fell und dem silbrigen Mondlicht, das durch die Fenster fiel, hervor.

»Was ist los, Ghost?«, fragte ich.

Seine Antwort war weiteres Miauen und dann Tatzenschläge auf die Bettdecke, als ich mich nicht bewegte.

»Etwas stört ihn«, sagte ich schließlich.

Ich schlüpfte unter der Decke hervor, zog meinen Morgenmantel an und tappte in den Flur, wo ich über den Balkon nach unten schaute. Das Haus war ruhig, schlief in der Dunkelheit mit dem Rest der Welt, aber Ghost war alles andere als ruhig. Als ich aufstand, folgte er mir, schlängelte sich um meine Knöchel und miaute unaufhörlich.

Gerade als ich mich fragte, ob vielleicht ein wildes Tier draußen war oder etwas Ähnliches, hörte ich das leise Geräusch von Vibrationen auf einer harten Oberfläche. Als ich nochmals über das Geländer nach unten schaute, sah ich das Leuchten meines Handybildschirms. Sowohl Liam als auch ich hatten unsere Handys auf der Küchentheke liegen lassen. Seines leuchtete unmittelbar nach meinem auf.

Als ich hörte, wie er sich mir von hinten näherte, blickte ich zurück, und mir blieb fast der Mund trocken. Denn er sah einfach lächerlich gut aus in seiner eng anliegenden Unterhose mit seiner muskulösen Brust. Mein Herz machte einen heftigen Schlag, und mein Bauch drehte sich prompt einmal schnell um.

Aber jetzt war nicht der richtige Zeitpunkt. »Beide unsere Handys klingeln«, sagte ich, während ich die Treppe hinunterstürzte, um meins zu schnappen.

Ich sah nicht einmal auf den Bildschirm, als ich auf die Taste drückte, um den Anruf anzunehmen. Bevor ich sprechen konnte, kreischte Tante Lea praktisch in mein Ohr: »Die Zwillinge sind weg!«

Liam nahm sein Handy an meiner Seite ab, seine Augen weiteten sich, als er hörte, wer auch immer am anderen Ende war. Ich nahm an, es war Jacob, wenn auch nur, weil er wahrscheinlich ruhiger sein würde als Tante Lea in diesem Moment.

»Tante Lea«, sagte ich, während Angst und Sorge sich fest in meiner Brust zusammenballten. »Sag mir, was los ist.«

Ich hörte Liam weggehen, das tiefe Grollen seiner Stimme kam aus der Ecke des Raumes, als er mit Jacob sprach. Er hielt inne, blickte zu mir und formte lautlos mit den Lippen *»Jacob«*, bevor er sich wieder umdrehte.

Tante Lea, die normalerweise ruhig und beherrscht war, selbst unter schwierigen Umständen, klang einfach wild. »Ich weiß es nicht! Ich bin aufgewacht. Ich weiß nicht warum, ich bin einfach aufgewacht. Du weißt, dass ich sowieso nie die ganze Nacht durchschlafe. Aber ich bin den Flur entlang gegangen, um aus Gewohnheit nach den Mädchen zu sehen. Sie waren nicht in ihrem Schlafzimmer, also dachte ich, sie wären unten im Fernsehzimmer. Sie sind nirgends zu finden! Hast du eine Ahnung, wohin sie gegangen sein könnten?«

Ehrlich gesagt, hatte ich keine. Obwohl die Zwillinge definitiv gerne ein bisschen Unfug anstellten, waren sie, was Dreizehnjährige betraf, ziemlich zahm, wenn es um solche Dinge ging. Sie waren ziemlich gute Kinder, hatten gute Noten und taten größtenteils, worum man sie bat. Ich war verblüfft zu erfahren, dass sie aus dem Haus geschlichen waren. Was mir Sorgen machte, war die Möglichkeit, dass jemand sie mitgenommen hatte, aber das wollte ich nicht laut aussprechen. »Tante Lea, du musst dich beruhigen. Hast du meine Mutter angerufen?«

»Nein, ich habe zuerst dich angerufen. Du verbringst jeden Nachmittag mit ihnen, und sie schauen so sehr zu dir auf. Ich dachte, vielleicht hättest du einen Hinweis, wohin sie gegangen sein könnten.«

Ich holte tief Luft und versuchte, mein aufgewühltes Inneres zu beruhigen. Als ich mich umdrehte, um in Liams Richtung zu schauen, legte er gerade sein Handy weg. Er kam zu mir herüber und ließ seine Hand über meinen Rücken gleiten. »Ich laufe schnell nach oben und ziehe mich an. Willst du mit mir kommen?«

»Tante Lea, Liam wird mit mir eine Runde durch die Stadt fahren, und dann kommen wir zu euch. Vielleicht sind sie nur draußen.«

»Es ist zu kalt dafür!«, rief sie aus.

»In Ordnung«, sagte ich und versuchte, meine Stimme ruhig zu halten. »Ich muss mich umziehen, damit wir vorbeikommen können. Warum rufst du nicht meine Mutter an?«

»Okay, okay«, antwortete sie, ihre Stimme immer noch hoch.

Ich legte schnell auf und blickte zu Liam, während wir die Treppe hinaufeilten. »Was hat Jacob gesagt?«

»Er weiß es auch nicht. Natürlich ist er ziemlich besorgt. Er ist auf dem Weg zum Schlafzimmer der Zwillinge, um zu sehen, ob er irgendwelche Zauber oder Spuren von irgendetwas spüren kann.«

In Gedanken ging ich die letzten Nachmittage mit ihnen durch und versuchte herauszufinden, ob sie irgendwelche Hinweise fallen gelassen hatten, während ich hastig meine Kleidung anzog. Ich zog eine Jogginghose und einen alten Pullover an, bevor ich mir schnell ein Paar Socken überstreifte und hinter Liam hereilte, der in seine Jeans und sein Hemd schlüpfte. Innerhalb weniger Minuten hatten wir unsere Schuhe und Jacken an und gingen hinaus in die kühle Herbstdunkelheit.

Ich wollte mir nicht einmal vorstellen, dass die Zwillinge bei diesem Wetter draußen waren. Wir würden wahrscheinlich zu Frost auf dem Boden aufwachen. Die Luft hatte einen scharfen Biss, während der Winter gerade seine Zähne in die Nachtluft grub.

Während Liam die Küstenstraße von meinem Kutschenhaus zu Tante Lea und Jacob entlangfuhr, blickte ich auf den Ozean hinaus. Die Sterne glitzerten hell am Himmel. Der Mond stand hoch über dem Ozean und warf einen schimmernden Pfad über dessen Oberfläche, der sich mit den Wellen bewegte, die gegen das Ufer schlugen.

»Das sieht ihnen nicht ähnlich«, sagte ich und blickte zu Liam.

Seine Hand hing über dem Lenkrad und seine Augen waren auf die Straße gerichtet. »Wir müssen Daniel anrufen«, bot er als Antwort an.

»Oh, richtig«, sagte ich, holte schnell mein Handy aus der Tasche und suchte seine Nummer heraus.

»Daniel«, sagte ich, sobald er antwortete. Seine Stimme klang verschlafen. Es war mir nicht einmal in den Sinn gekommen, ob er Dienst hatte. »Hier ist Moira. Tut mir leid, dass ich dich jetzt anrufe, aber Celia und Delia werden vermisst.«

Ich konnte durch die Telefonleitung spüren, wie er schlagartig wach wurde. »Was?«

Ich hörte Zoes Stimme im Hintergrund, die fragte, was los sei.

»Genau das. Liam und ich sind auf dem Weg zu Jacob und Lea, falls du uns dort treffen möchtest.«

»Ich bin gleich da«, sagte Daniel schnell, und die Leitung klickte tot in meinem Ohr.

Tante Lea und Jacob lebten auf der gegenüberliegenden Seite der Innenstadt. Charm Cove war wunderschön, selbst mitten in der Nacht. Die Straßenlaternen umrissen die Form der Stadt in der Dunkelheit, und die Innenstadt war für einmal ruhig. Ich wünschte, ich würde sie öfter so sehen – vorzugsweise wenn ich nicht um das Schicksal meiner beiden jungen Cousinen fürchten müsste.

Als Liam langsamer durch die Stadt fuhr, schaute ich mich um, suchte nach allem Ungewöhnlichen, bemerkte aber nichts. Angst wühlte in meinem Inneren, Sorge wirbelte wie verrückt durch meine Gedanken. Ich konnte einfach nicht zusammenreimen, unter welchen Umständen die Zwillinge beschließen würden, sich herauszuschleichen. Die Schlussfolgerung, zu der mein Verstand immer wieder zurückkehrte, war, dass etwas Unheimliches im Gange war.

Als wir bei Lea und Jacobs Haus ankamen, fuhren meine Eltern zur gleichen Zeit vor. Ich konnte meine Mutter mit ihrem Telefon am Ohr im Schein des Autolichts sehen, als mein Vater seine Tür öffnete.

»Hey, Papa«, rief ich, als er ausstieg.

Liam schlang seine Hand um meine, unser Atem bildete Nebel in der kühlen Luft, als wir den Gehweg zum Haus hinaufeilten. Wie so viele Familien in Charm Cove lebten Lea und Jacob in einem alten Kolonialhaus. Es war ein perfektes Rechteck und zwei Stockwerke hoch. Ohne anzuklopfen gingen wir einfach durch den Haupteingang, die schwere Tür hallte in der Eingangshalle wider, als sie sich hinter uns schloss. Erst dann beendete meine Mutter ihren Anruf. Tante Lea kam den Flur heruntergeflogen in die Eingangshalle, ihr Morgenmantel wirbelte hinter ihr her. Sie warf sich meiner Mutter in die Arme.

»Camille! Ich weiß nicht, wo sie sind!«, jammerte sie.

Ihre Wangen waren feucht, und ihre Augen vom Weinen gerötet. Inzwischen war Jacob nirgends zu sehen.

»Wo ist Jacob?«, fragte mein Vater.

Tante Lea trat zurück und schaute zu meinem Vater. »Er ist nach oben in ihr Zimmer gegangen. Er schaut nach, ob er dort etwas spüren kann.«

»Macht es dir etwas aus, wenn ich nach oben gehe?«, fragte ich.

Tante Lea schüttelte schnell den Kopf. Zum ersten Mal sah sie nicht perfekt herausgeputzt aus. Meine Mutter auch nicht, obwohl sie sich aus dem, was ich als ihre üblichen Seidenpyjamas kannte, in eine weiche Baumwollhose und einen passenden Pullover mit einer Wind-jacke umgezogen hatte.

Ich blickte zu Liam. »Willst du mitkommen?«

Er schüttelte den Kopf. »Ich werde mit Gabriel sprechen«, antwor-tete er und nickte in Richtung meines Vaters, der auf die Hintertür am anderen Ende des Flurs zuging, der von der Eingangshalle abging. Ob die Mädchen sich herausgeschlichen hatten oder jemand ins Haus gekommen war, um sie zu holen, es war unwahrscheinlich, dass sie durch die Vordertür gegangen waren.

Ich fragte mich am Rande, ob jemand, den wir kannten, genug Macht hatte, um sie irgendwie zu transportieren. Ich wusste nichts davon und war zuversichtlich, dass ich es wüsste, wenn jemand dazu in der Lage wäre. Diese Art von Magie kannte man aus alten Legenden, aber es gab keine bestätigten Geschichten. Obwohl die Einbrüche unsere ganze Stadt in der Hexenwelt in Alarmbereitschaft versetzt hatten, hatte diese Art von unheimlicher Stimmung nicht unter der Oberfläche gebrodeltn. Ich sagte mir, wir hätten so etwas bemerkt.

Ich eilte die Treppe hinauf, ging den Flur entlang, meine Schritte hallten wider, als ich durch die Tür des Schlafzimmers der Zwillinge schaute. Onkel Jacob war schon an sich ein großer, imposanter Mann, aber hier drinnen sah er einfach lächerlich riesig aus. Wie er da in einem mädchenhaften Schlafzimmer mit zwei Einzelbetten an den Wänden stand und alles in Rosa- und Lilatönen dekoriert war, war er völlig fehl am Platz, um es milde auszudrücken.

Er blickte auf, als ich durch die Tür trat, sein Blick scharf und fokussiert. »Da ist nichts«, sagte er leise. »Ich bin sicher, dass niemand außer ihnen in diesem Raum gewesen ist.«

Jacob konnte Dinge spüren, nachdem sie geschehen waren. Während das seine eigene besondere Kraft war, gab es eine andere Kraft. Eine Kraft, die Frauen eigen war – ich wusste, wie es war, ein Teenager-Mädchen zu sein. Meine Augen schweiften durch den Raum und suchten nach Stellen, wo die Mädchen Notizen, Kritzeleien oder sogar persönliche Tagebücher aufbewahrt haben könnten. Mein Blick fiel auf einen Schreibtisch zwischen ihren beiden Betten. Ein leuchtend rosa Notizbuch lag auf einer Seite. Ich vermutete, dass es Delia gehörte, weil es rosa war. Die Mädchen waren sehr eigen darin, dass eine von ihnen Rosa und die andere Lila tragen konnte. Sogar ihre Magie passte dazu, sie leuchtete jeweils in ihrer Farbe.

Ich ging an Onkel Jacob vorbei, hob das Notizbuch auf und öffnete es. Sie hatte kleine Kritzeleien darin, ein Liebesgedicht, das an irgendeinen unbekannten Jungen geschrieben war. Ich scrollte durch, blätterte zum Ende, weil der vordere Teil voller Unsinn schien. Im hinteren Teil befand sich eine andere Reihe von Notizen.

Beim Durchlesen sah ich, dass sich Celias und Delias Handschrift abwechselten. Ich erkannte, dass sie in den Wochen nach den Einbrüchen Notizen gemacht hatten. Es sah so aus, als würden sie versuchen, das Rätsel selbst zu lösen. Sie hatten einen ziemlich detaillierten Zeitplan dokumentiert, der bisher nur in meinem Kopf existiert hatte.

Als meine Augen über die Seite wanderten, sah ich die letzte Notiz mit der Erwähnung, wann Beatrice uns im Park angesprochen hatte, um über den Mann zu sprechen, den sie gesehen hatte.

Ich schaute zu Jacob auf. »Das sagt mir nicht viel, aber ich frage mich, ob wir in die Innenstadt fahren sollten.«

Jacob hob eine Augenbraue, seine Frage war stumm.

»Nun«, begann ich und hielt das leuchtend rosa Notizbuch hoch, »es sieht so aus, als hätten die Zwillinge alles notiert, was sie über die Einbrüche erfahren haben. Du weißt, wie neugierig sie sind. Sie lieben es, Dinge herauszufinden. Beatrice Powers hat mich neulich angesprochen, als ich die Zwillinge zu Magic Beans zum Kaffee mitgenommen habe. Sie erzählte uns von einem Mann, den sie zweimal in der Innenstadt gesehen hatte. Während ich nicht glaube, dass es ihnen ähnlich sieht, sich zum Spaß rauszuschleichen, kann ich absolut verstehen, dass sie sich herausschleichen, um so etwas zu tun. Sie würden es lieben. Und sie würden auf keinen Fall fragen, weil sie wissen, dass du nein sagen würdest.«

Noch bevor ich zu Ende gesprochen hatte, drehte sich Jacob um und ging schnell den Flur entlang, während er nach Tante Lea rief. Wir versammelten uns unten in der Küche.

»Warum gehe ich nicht einfach zuerst allein? Ich kann direkt in den Laden transportieren. Ihr könnt mich dort treffen«, schlug ich vor.

Alle nickten gleichzeitig, aber meine Mutter fügte eine Warnung hinzu. »Sei vorsichtig und verschwinde sofort, wenn es nicht sicher ist.«

»Natürlich, Mama. Aber ich gehe nirgendwo hin, wenn die Zwillinge nicht sicher sind.«

Liam fing meinen Blick auf. »Wir sind direkt hinter dir.«

Ich trat zurück, holte tief Luft, schloss meine Augen und konzentrierte mich. In einem Moment konnte ich spüren, wie die Kraft in mir anschwoll. Es fühlte sich wie eine brechende Welle in meinem Inneren an, wann immer ich diesen Zauber wirkte.

KAPITEL SECHZEHN

Glitzernder Rauch wirbelte um mich herum in die Luft, und ich verschwand darin, um im hinteren Badezimmer von Verhex mich nicht wieder aufzutauchen.

Ich hielt einen Moment inne, um mich zu orientieren. Der Laden war im hinteren Bereich totenstill, aber ich spürte, dass Menschen hier waren. Nicht weil jemand Lärm machte, sondern weil ich die Elektrizität in der Luft fühlen konnte.

Eilig ging ich vorwärts, schob mich durch den Perlenvorhang, und mein Mund klappte auf bei dem Anblick, der sich mir bot.

Ein Mann, der der Beschreibung von Beatrice entsprach, mit graumelierten Haaren und einer dünnen, großen Statur, stand mitten im Laden. Er hatte einen Zauberstab und einen der Tränke aus dem hinteren Bereich in den Händen. Außerdem sah er ziemlich verärgert aus. Die Zwillinge standen zu beiden Seiten von ihm und hielten ihn mit – man kann es sich denken – rosa und lila Kreisen fest. Selbst in einer angespannten Situation hinterließen ihre Markenfarben ihren Abdruck.

Einzeln hätten Celia und Delia diesen Zauber nicht hinbekommen, aber zusammen konnten sie es.

Celia schaute von der Ecke herüber und lächelte breit. »Schau, Moira! Wir haben ihn!«

Oh je, verdammt noch mal. Sie hatten ihn tatsächlich, aber ich wusste nicht, wie lange. Wir brauchten mehr als nur mich, um die Situation im Griff zu behalten.

»Ich sehe es, Mädels«, rief ich. »Haltet durch, und wir holen bald mehr Hilfe her.«

Ich wünschte mir sehnlichst, ich hätte die Fähigkeit, andere Personen mit mir zu transportieren.

Schnell schrieb ich Liam eine Nachricht: *Komm schnell her. Bin im Laden, brauche Hilfe.*

Ehrlich gesagt wusste ich nicht, wie lange die Zwillinge diesen Mann festhalten konnten, noch hatte ich eine Ahnung, ob er selbst irgendwelche Kräfte hatte. Alles, was ich wusste, war, dass er ganz sicher stinksauer war.

Während ich dastand und überlegte, wie ich den Zwillingen helfen könnte, schaute der besagte Mann zu mir herüber, sein Blick finster. »Das ist nicht notwendig«, stieß er hervor.

Ich näherte mich den Kreisen, die ihn umgaben, und stemmte eine Hand in die Hüfte. »Nun, es ist mitten in der Nacht, und Sie sind in dieses Geschäft eingebrochen. Wieder. Ich nehme an, Sie sind für all die anderen Einbrüche in der Stadt verantwortlich.«

Der Mund des Mannes verzog sich zu einem höhnischen Lächeln. »Würden Sie das nicht gerne annehmen? Ich habe keine Kräfte. Also wenn sie mich gehen lassen, können wir das einfach besprechen.«

Ich schüttelte den Kopf. »Auf keinen Fall. Ich habe keinen Grund, Ihnen zu vertrauen.«

Während ich sprach, wirbelten Gedanken durch meinen Kopf. Zunächst einmal schien er nicht beunruhigt über die Tatsache, dass pinkfarbene und lila leuchtende Lichtkreise, die von jugendlichen eineiigen Zwillingen gezaubert wurden, ihn festhielten. Jeder, der keine Ahnung von Magie hätte, wäre in dieser Situation ein wenig erschüttert gewesen. Er wusste also über Magie Bescheid und kannte ihre Kraft.

Ich war erleichtert, als ich hörte, wie der vordere Türknauf klapperte, und eilte hinüber, um zu öffnen. Jacob und mein Vater traten zuerst ein, beide groß und stattlich, zwei Hexenmeister mit jahrzehntelanger Erfahrung im Umgang mit ihrer Kraft. Nicht dass sie mächtiger wären als irgendwelche Hexen, wohlgemerkt, aber ihre Anwesenheit war leicht bedrohlicher, weil sie groß, stark und im Moment zornig aussahen.

Mein Vater stellte sich auf die andere Seite des Mannes, mir gegenüber in den Kreisen. Sein Blick schweifte durch den Raum, ein Grinsen spielte um seine Mundwinkel. Als ich zu Jacob hinüberschaute, war sein wütender Ausdruck einem breiten Grinsen gewichen. Sie waren beide offensichtlich belustigt über das, was die Zwillinge geschafft hatten.

Meine Mutter, Tante Lea und Liam eilten innerhalb weniger Minuten in den Laden. Liam steckte seine Schlüssel ein, als er durch die Tür trat. Er umrundete den Kreis, um sich neben mich zu stellen. Er beugte sich vor und flüsterte in mein Ohr: »Daniel ist auf dem Weg. Er sollte jeden Moment hier sein.«

Ich machte mir keine Sorgen mehr, dass der Mann entkommen könnte, aber ich wusste nicht, ob er tatsächlich irgendwelche Kräfte hatte. Ich ging gedanklich durch, wie die verschiedenen Kräfte unter uns helfen könnten. Liam hatte die Fähigkeit, Gegenstände zu restaurieren, was im Moment nicht viel helfen würde. Jacob konnte Zauber-Spuren wahrnehmen, und Tante Lea hatte die Fähigkeit, Halte-Zauber zu wirken, was ihre beiden Töchter offensichtlich geerbt hatten. Meine Mutter hatte neben anderen Kräften die Fähigkeit zu spüren, wenn jemand etwas verbarg. Von uns allen, die heute Abend hier waren, könnte mein Vater gerade jetzt am hilfreichsten sein. Er hatte die Fähigkeit zu wissen, ob jemand überhaupt magische Kräfte hatte. Was ich nicht wusste, war, ob er das inmitten eines Bann-Zaubers tun konnte.

Bevor ich sprechen konnte, beantwortete er die Frage für mich. Mit einem Blick auf die Zwillinge sagte er: »Mädchen, erweitert ihn ein bisschen und holt mich mit hinein.«

Der Rest von uns trat leicht zurück, als mein Vater nach vorne trat. Blitzschnell dehnte sich der Kreis leicht aus, um ihn einzuschließen. Gabriel Wicked benutzte seine Magie nicht oft, aber wenn er es tat, wirkte sie. Er legte den Kopf zur Seite und hob eine Hand, scannte damit in der Luft vor dem Mann auf und ab, der mit ihm im Kreis stand. Nach einem Moment sah er zu den Zwillingen. »Ihr könnt es jetzt fallen lassen.«

Als die leuchtenden Kreise fielen, traten Jacob, Liam und mein Vater näher, um den Mann zu umringen. Während Magie ihn vielleicht nicht an Ort und Stelle halten konnte, bedeutete das nicht, dass er nicht einfach versuchen würde, wegzulaufen.

Die Stimme meines Vaters durchbrach die Stille. »Er hat ein bisschen Magie, aber nicht viel. Nicht genug, um einen von uns zu bekämpfen.«

Tante Lea eilte zu den Zwillingen und umarmte sie fest. Sie trat zurück, eine Hand auf jeder ihrer Wangen. »Geht es euch Mädchen gut? Hat er euch entführt?«, fragte sie.

Die Augen der Zwillinge weiteten sich gleichzeitig.

»Uns geht's gut, und nein, er hat uns nicht mitgenommen. Wir haben ihn heute Nachmittag telefonieren hören, als wir um den Dorfplatz spazierten. Er sagte jemandem, dass er nach Ladenschluss wieder in die Innenstadt kommen würde. Also beschlossen wir, uns rauszuschleichen. Wir haben unsere Zauber geübt«, antwortete Celia stolz, während Delia dazu nickte.

Bevor ich mich darauf konzentrieren konnte, verengte Jacob seine Augen und fixierte den Mann vor ihnen. »Wer sind Sie?«

Als er sprach, öffnete sich die Vordertür des Ladens, und Daniel trat ein. Er sah ein wenig verschlafen aus, und seine Haare waren zerzaust, aber er trug seine Polizeiuniform und hatte Handschellen dabei. Er hielt inne, sein Blick glitt durch den Raum, bevor er an Liams Seite trat.

»Ich nehme an, dieser Mann ist in den Laden eingebrochen«, sagte er schnell und klang dabei ziemlich offiziell, angesichts der späten Stunde und der Tatsache, dass er gerade aus dem Bett gekrochen war, um herzukommen.

Bei meinem Nicken, als sein Blick kurz zu mir wanderte, trat er an die Seite des Mannes. »Name bitte«, sagte Daniel ruhig, sein Ton autoritär.

Der Mann, der immer noch ziemlich verärgert aussah, als hätten wir ihn belästigt, seufzte. »Richard. Richard Burroughs. Kein Grund, mehr daraus zu machen, als nötig ist. Ich bin freundlich«, beharrte er.

Liam legte den Kopf schief und musterte ihn. »Wenn Sie so freundlich sind, warum zum Teufel brechen Sie dann in Geschäfte in der Stadt ein?«

Tante Lea meldete sich von dort, wo sie mit den Zwillingen stand. »Wenn du auch nur eine Minute denkst, dass wir so dumm sind, dann überleg dir das besser nochmal.« Sie richtete sich auf, ihre Augen sprühten fast Funken, als sie den Mann ansah.

Ich war froh zu sehen, dass sie zu ihrer gewohnten Form zurückgekehrt war. Ihre frühere Beunruhigung war völlig verständlich gewesen, aber ich war erleichtert zu sehen, dass sie sofort wieder zu ihrem üblichen offenen, direkten Selbst zurückgekehrt war.

Der Mann, von dem wir jetzt wussten, dass er Richard Burroughs war, seufzte. »Hören Sie, ich weiß, dass Sie alle ein Haufen Hexen sind, und ich falle deswegen nicht aus allen Wolken. Es liegt auf der Hand, dass ich freundlich bin. Wenn ich wollte, könnte ich euch allen eine Menge Ärger machen.«

Er schaute zu Daniel, als ob Daniel plötzlich entscheiden würde, dass es ein Problem sei, in einem Raum voller Hexen zu sein.

Ich trat näher an ihn heran, eine Hand wieder in die Hüfte gestemmt, und starrte ihn wütend an. »Sie sind in Charm Cove, Maine. Die meisten Leute hier sind Hexen. Wenn Sie denken, dass Sie Unruhe stiften können, indem Sie dieses Geheimnis ausplaudern, denken Sie noch mal nach.«

Delia meldete sich zu Wort: »Ja. Wir haben seit Jahrhunderten damit zu tun. Es ist nicht so, als ob wir nicht wüssten, wie wir uns schützen können.«

Ich musste mir auf die Innenseite meiner Wange beißen, um bei ihren Worten nicht zu lächeln. Sie waren so stolz auf sich. Ich war auch stolz auf sie. Niemand würde sagen, es sei eine großartige Idee gewesen, dass sie sich aus dem Haus geschlichen hatten, um dies zu tun, aber sie hatten die Situation wie Champions gehandhabt.

Als Daniel nicht zu Richards Rettung kam, seufzte Richard erneut. »Na gut. Verhaften Sie mich ruhig. Ich versuche nur das zurückzubekommen, was meine Familie nie hätte verlieren dürfen.«

»Und was war das?«, fragte meine Mutter, ihr Ton war tödlich ruhig.

Ich konnte die Wut unter der Oberfläche ihrer Worte vibrieren spüren. Sie war sehr beschützend gegenüber den Zwillingen, wie wir alle. Alles, was sie in Gefahr brachte, selbst wenn es zunächst auf ihr eigenes Betreiben hin geschah, war für sie nicht in Ordnung.

Richard grummelte, als Daniel die Handschellen um seine Handgelenke klickte. Ich war überrascht, dass Daniel nicht mehr eingriff, aber er schien zufrieden damit, dem Rest von uns zu erlauben, diesen Mann zu bedrängen.

»Nun, Sie und Ihre Familien haben Salem rechtzeitig verlassen, um sicher zu sein. Das war nicht bei allen der Fall. Hexen sollten aufeinander aufpassen«, sagte Richard, als Daniel die Handschellen an seinen Handgelenken justierte.

»Also sind Sie ein Nachfahre der Burroughs, die während der Hexenprozesse starben?«, fragte Liam.

Richard nickte. »Ja«, sagte er scharf. »Nicht alle von uns kamen sicher raus. Meine Familie floh und schwor der Magie ab, so verloren wir sie. Ich wollte nur zurückbekommen, was von Anfang an uns hätte gehören sollen.«

KAPITEL SIEBZEHN

Ich verspürte einen Anflug von Mitgefühl für den Mann. Ich konnte mir kaum vorstellen, wie es sein musste zu wissen, dass man die Gabe der Macht besaß, diese aber zu schwach war, um sie zu nutzen. Obwohl ich versucht hatte, meine eigene Macht zu vertreiben, war das etwas anderes gewesen, weil es meine fehlgeleitete Entscheidung war. Ich hatte die Kraft besessen; ich hatte sie nur für ein paar Jahre größtenteils brachliegen lassen. Während das Gespräch um mich herum weiterging, geschah etwas Seltsames in meinem Inneren.

All die Zeit, als ich vor meinem Schicksal floh und versuchte, mich vor der Natur der Hexe, die ich war, zu verstecken, war mir nie in den Sinn gekommen, was hätte passieren können, wenn ich tatsächlich Erfolg gehabt hätte. Wenn ich diesen Teil von mir wirklich abgeschaltet hätte, hätte ich eine Situation wie bei dem Mann, der jetzt vor mir stand, schaffen können. Ein paar Generationen später war seine Kraft auf fast nichts verwässert, weil niemand in den Generationen vor ihm sie gehalten und gepflegt hatte, wie es nötig gewesen wäre. Denn, weißt du, es war ein Geschenk – ein Geschenk wie kein anderes auf diesem Planeten. Diejenigen von uns, die es hatten, mussten es für das ehren, was es war.

Blitzartig traf mich wieder das Gewicht meines Schicksals, und ich fühlte mich plötzlich überwältigt. Ich hatte den Gesprächsfaden um mich herum völlig verloren, aber Liam musste etwas von mir gespürt haben, denn ich fühlte, wie seine Hand sich um meine schloss, sein warmer, starker Griff beruhigend und zentrierend. Als ich aufblickte, traf ich auf diesen aufmerksamen Blick, der mich so gut kannte.

Für einen Moment stockte mir der Atem, mein Herz zog sich zusammen, und mein Bauch drehte sich.

Ich wurde aus meinen Gedanken gerissen, als Tante Lea fast schrie: »Du Idiot! Wie kannst du es wagen anzudeuten, dass meine Mädchen irgendetwas falsch gemacht haben!«

Ich wandte meine Aufmerksamkeit von Liam ab und ihr zu. Mit offenen Haaren und in ihrem Bademantel sah sie wild aus.

Daniel schien endlich zu dem Schluss zu kommen, dass es vielleicht nicht der beste Plan war, einen Haufen Hexen Richard mitten in der Nacht verhören zu lassen. »Okay, okay«, sagte er und hob eine Handfläche. »Ich habe ihn bereits verhaftet, also gehen wir jetzt zur Wache. Ich werde dort ein offizielles Gespräch mit ihm führen. Ihr könnt gerne mitkommen, aber das ist offiziell.«

Alle redeten durcheinander, als Daniel sich umdrehte und mit dem gefesselten Richard zur Vorderseite ging. Daniel blickte mit einem vielsagenden Blick zurück. »Manche Dinge müssen durch offizielle Kanäle gehen.«

Die Erwachsenen wurden alle still. Wir hielten Frieden mit dem Polizeichef in Charm Cove, indem wir ihn seine Arbeit machen ließen. Währenddessen kicherten die Zwillinge immer noch aufgeregt, ihre Ellbogen ineinander verhakt. Wir sahen zu, wie Daniel mit Richard wegging und ihn auf den Rücksitz seines Streifenwagens setzte, während ein anderer Streifenwagen vorfuhr, um ihm auf der kurzen Fahrt zum Polizeirevier zu folgen.

Wir blieben zusammen im Laden zurück. Ich sah mich um, und mein Herz fühlte sich seltsam voll an. Ich wusste nicht, was es mit diesem bestimmten Moment auf sich hatte, aber die Tiefe und Weite der Geschichte und Macht im Raum überrollte mich wie eine Welle.

Ich ließ Liams Hand los, ging zu den Zwillingen hinüber, umarmte jede von ihnen und trat zurück, um ihre Schultern zu drücken. »Nun, ihr habt uns zu Tode erschreckt, aber ihr zwei habt es wirklich geschafft, als es brenzlig wurde«, sagte ich mit einem Grinsen, das sich über mein Gesicht ausbreitete.

Delia hob stolz ihr Kinn. »Das haben wir.«

Jacob räusperte sich hinter mir. »Wir sind alle stolz auf euch, aber...« Seine Worte verliefen sich, und seine Stimme wurde ernst. »Kein Herumschleichen mehr. Beim nächsten Mal lasst ihr es uns wissen.«

Celia meldete sich zu Wort. »Aber, Papa, du hättest uns nicht gehen lassen.«

Delia nickte heftig und trat wieder näher an ihre Zwillingsschwester heran.

Tante Lea stellte sich hinter sie und legte ihre Arme um ihre Schultern. »Mädchen, wir werden das später besprechen.«

Sie wirkte endlich ruhig, wenn auch noch etwas emotional. Als wir auf die Straße hinaustraten, blickte ich zu Liam. Als ich seinen Blick auffing, neigte ich meinen Kopf zur Seite und lächelte. »Bereit, nach Hause zu gehen?«

Er blickte nach unten, seine Augen leuchteten im sanften Schein der Straßenlaternen, und nickte. Daniels Streifenwagen fuhr vom Bordstein weg, als er das Blaulicht einschaltete. Wir beobachteten, wie die blauen und roten Lichter blinkten, während er langsam die Charming Way hinunterfuhr.

Ich blickte in unsere kleine Gruppe. »Geht jemand zur Wache?«

Mein Vater sah zu meiner Mutter, als er seine Hand nach ihrer ausstreckte. »Wir gehen. Ihr zwei geht nach Hause. Jacob und Lea müssen die Zwillinge auch nach Hause bringen.«

Unsere Gruppe löste sich auf. Liam hielt die Tür für mich auf, als ich ins Auto stieg. Als die anderen Autos wegfuhren, schaute ich hinüber, und er beugte sich vor, um meine Lippen mit einem Kuss einzufangen. Seine Zunge glitt über den Saum meiner Lippen, tauchte kurz ein, um sich mit meiner zu verflechten, bevor er sich zurückzog. Mit meinem Puls, der in meiner Brust hämmerte, und Schmetterlingen, die sich in meinem Bauch drehten, starrte ich zu ihm hoch.

Er war still, während wir uns einfach ansahen. Nach ein paar Momenten richtete er sich auf. Ich schnallte mich an, als er die

Autotür schloss. Das Klicken des Gurtes war laut in der stillen Nacht. Wir fuhren durch die Dunkelheit nach Hause, während ich über den Ozean schaute und beobachtete, wie die Wellen an den Strand rollten und das silbrige Mondlicht auf dem Wasser glitzerte.

Nachdem wir zu Hause angekommen waren, folgte ich Liam auf die hintere Terrasse. Die Luft war kalt, und ich konnte praktisch spüren, wie sich der Frost auf den Blättern und dem sterbenden Gras bildete, die verbleibenden Blumen unter der Macht seiner eisigen Kraft welkten.

Ghost folgte uns auf die Veranda, sprang auf das Geländer, um über den Hof zu schauen, sein kleines Katzenreich. Ich lehnte meinen Kopf zurück und blickte in den Nachthimmel. Die Sterne waren verstreut, ihre Muster leicht erkennbar, als meine Augen ihnen folgten – Lichtpunkte, die den Weg zu Welten zeigten, die weit weg von hier waren.

»Moira«, sagte Liam, seine Stimme rau.

»Was?«, fragte ich, ein Schauer lief durch mich, als ich mich zu ihm umdrehte, und er meine Hand in seine nahm.

»Wie lange werden wir noch um die Sache herumtanzen?«, fragte er.

Dasselbe Gefühl, das ich hatte, als wir alle im Laden standen, durchströmte mich – mein Schicksal und mein Los waren genau hier.

Mit meinem wild hüpfenden Puls hielt ich seinem Blick stand, ein Kribbeln lief meinen Rücken hinauf und ließ Hitze in mir aufblühen. Ich hätte nicht wegsehen können, selbst wenn mein Leben davon abgehangen hätte.

»Ich glaube nicht, dass wir darum herumtanzen«, sagte ich schließlich.

»Nein?«, fragte er, während er sich zu mir drehte, meine Hand losließ und mehrere lose Haarsträhnen von meiner Stirn strich.

Als er sie hinter mein Ohr steckte, lief ein heißer Schauer direkt durch mich hindurch.

»Na dann«, murmelte er.

Er senkte seinen Kopf und brachte seine Lippen auf meine. Es gab Küsse, und dann gab es das, wie es war, Liam zu küssen – den Jungen, den ich einst mit meinem ganzen Herzen geliebt hatte, und den Mann, den ich jetzt auf eine Weise kannte, wie ich niemanden sonst kannte.

Unser Schicksal schimmerte in der Luft um uns herum. Obwohl ich nicht ganz dachte, dass wir darum herumtanzten, war ich mir nicht so sicher, was dieser Moment bereithielt.

Als er sich zurückzog, hielt sein Blick meinen fest – ein elektrisch blauer Moment.

KAPITEL ACHTZEHN

Am nächsten Morgen lehnte ich mit den Ellbogen auf der Theke und stützte mein Kinn in eine Hand, während ich zu Liam hinüberschaute. Ich war mir nicht ganz sicher, was genau sich letzte Nacht zwischen uns verändert hatte, aber irgendetwas hatte sich definitiv verändert. Es fühlte sich an, als wäre die Luft um uns herum schwer von Emotionen und Schicksal. In dem Moment, als ich auch nur an das Wort *Schicksal* dachte, umspielte ein leichtes Grinsen meine Lippen. Denn manchmal, egal wie tief ich es spürte – wie eine Glocke, die in meinem Körper läutete – fühlte sich alles so albern und lächerlich an.

Es war alles andere als albern, und die aufgewirbelten Wasser waren tief. Liam nahm einen Schluck von seinem Kaffee, nachdem er den letzten Bissen seines Omeletts gegessen hatte, das Geräusch seiner Gabel, die auf dem Teller landete, hallte durch den Raum.

Ghost sprang auf die Theke, fast als wüsste er, dass wir mit dem Essen fertig waren. Ich war ziemlich sicher, dass er es tatsächlich wusste. Er befolgte die Regeln nur, wenn er Lust dazu hatte, als wäre er ein widerspenstiges Kind, das mich gelegentlich aus Laune heraus gewähren ließ.

Liams Blick traf meinen, als er zwinkerte und damit den Moment aufhellte. Ich war tief in meinen Gedanken versunken, und das war kein besonders guter Ort für mich. Ich konnte dort Runden drehen und mich in alle möglichen Sorgen verstricken. Nichts davon würde einen Unterschied machen – es war, wie es war, und es würde sein, wie es sein würde. *Tiefgründige Gedanken.* Mit diesem gedanklichen Augenrollen zwang ich mich, weiterzumachen.

Soweit ich wusste, hatten wir endlich das Rätsel der Einbrüche gelöst. Ich hatte das Gefühl, zum ersten Mal seit Wochen etwas leichter atmen zu können. Der Mann, dessen Schicksal mit meinem verflochten war, streckte die Hand aus und drückte meine, bevor er sich auf seinem Hocker zurücklehnte.

»Ich denke, wir sollten zur Polizeistation fahren und mit Daniel reden«, sagte er.

»Das sollten wir wohl. Ich kann nicht glauben, dass heute Morgen noch niemand angerufen hat.«

»Ich vermute, Jacob und Lea bleiben mit den Zwillingen den Vormittag über zu Hause. Deine Eltern sind wahrscheinlich unsere beste Quelle für Neuigkeiten, da sie diejenigen waren, die gestern Abend zur Wache gegangen sind. Sollen wir zuerst bei ihnen vorbeischauen?«, fragte er.

Ich richtete mich auf, griff nach seinem Teller und stand auf, um ihn neben meinem in die Spülmaschine zu stellen. Als ich mich umdrehte, lächelte ich. »Ja. Lass uns erst bei ihnen den neuesten Stand erfahren und dann schauen, wie die Dinge mit Daniel stehen.«

Nach einem kurzen Besuch bei meinen Eltern erfuhren wir, dass Richard die anderen Einbrüche gestanden hatte. Er schien zu glauben, dass er nicht angeklagt werden sollte, weil er Hexenblut hatte. Mein Vater hatte darüber nur den Kopf geschüttelt. Anscheinend hatte Richard seine Strategie gewechselt, von der Drohung, die Hexen zu entlarven, hin zu dem Glauben, dass dies sein Ausweg sein könnte.

Als Liam Richtung Stadt fuhr, blickte ich hinüber und bewunderte die klaren Linien seines Profils. Er hatte heute Morgen keine Zeit zum Rasieren gehabt, und ich konnte nicht widerstehen, meine Fingerspitzen über den Stoppelbart an seiner Kieferlinie gleiten zu lassen. Ich hatte eine Schwäche für Dreitagebart, egal zu welcher Tageszeit.

Er schenkte mir ein Grinsen und ein Zwinkern.

»Was denkst du, wegen was Daniel ihn angeklagt hat?«, fragte ich.

»Da er die Einbrüche gestanden hat, bin ich sicher, dass er ihn deswegen angeklagt hat. Ich denke, wie deine Eltern sagten, unsere Aufgabe ist es einfach, alles aufzuspüren, was er gestohlen hat, und es dorthin zurückzubringen, wo es hingehört. Er wohnt nicht hier, also – es sei denn, er hat irgendwo heimlich etwas gemietet – vermute ich, dass er diese Gegenstände außerhalb der Stadt gelagert hat.«

»Stimmt, und dann müssen wir uns mit ihm befassen. Ich kann es ihm nicht verdenken, dass er verärgert darüber ist, dass seine Familie an Macht verloren hat, aber es war niemandes Schuld außer ihrer eigenen. Anstatt woanders hinzufliehen, hätten sie nach Charm Cove kommen können. Es klingt, als hätte die Familie davon gewusst, aber sie wollten ihr gesamtes Hexenerbe abschwören.«

Liam hielt vor der Polizeistation an. Ich schaute zu dem vertrauten Gebäude auf, als wir hineingingen, dem Gebäude, das mich bei meiner inoffiziellen Rückkehr nach Charm Cove im Sommer empfangen hatte. Das Backsteingebäude war gleichzeitig stattlich und zweckmäßig. Der Keller hatte früher als Gefängnis gedient, aber nicht mehr. Die Polizeistation von Charm Cove hatte eine Arrestzelle im ersten Stock, aber jeder, der länger als achtundvierzig Stunden hier war, wurde nach Brunswick gebracht, während er auf seinen Prozess wartete. Ich hoffte, dass Daniel uns heute Morgen mit Richard sprechen lassen würde.

Daniel musste uns kommen gesehen haben, denn als wir den Wartebereich betraten, öffnete er die Tür an der Seite und winkte uns nach hinten.

»Guten Morgen, Liam, Moira«, sagte er mit einem Nicken. »Braucht ihr Kaffee?«

Liam sah zu mir herüber und zog fragend eine Augenbraue hoch.

»Ich bin versorgt«, antwortete ich.

»Dito«, fügte er hinzu.

»Folgt mir«, sagte Daniel, ging den Flur hinunter und durch eine Tür am Ende, die in sein Büro führte. Als er sich an seinen Schreibtisch setzte, zeigte er auf die beiden Stühle gegenüber. Liam und ich ließen uns darauf nieder. Ich lehnte mich vor, stützte meine Ellbogen auf die Knie und kam direkt auf den Punkt. »Ich habe heute Morgen mit meinen Eltern gesprochen. Es hört sich an, als würdest du ihn wegen der Einbrüche anklagen, richtig?«

Daniel nickte. »Das habe ich vor. Ich werde ihn für den Tag festhalten und ihn noch einmal befragen, bevor ich formell Anklage erhebe. Die Staatsanwaltschaft hat bereits bestätigt, dass sie den Fall übernehmen wird. Bisher haben wir sein Geständnis und die Tatsache, dass er letzte Nacht in deinem Laden erwischt wurde. Aber wie du weißt, werde ich vieles aus dem Polizeibericht von letzter Nacht weglassen müssen«, sagte er mit einem langsamen Kopfschütteln.

Der Staatsanwalt war zufällig auch eine Hexe, also machte ich mir darüber keine besonderen Sorgen, aber ich wusste, dass die Polizei und die Gerichte die Hexenangelegenheiten sozusagen managen mussten. Sie konnten unmöglich etwas zu Protokoll geben, das erwähnte, dass die Zwillinge Richard mit leuchtend rosa und lavendelfarbenen Lichtkreisen an Ort und Stelle gehalten hatten.

»Das Problem ist, er sagt nichts darüber, was er allen weggenommen hat. Deine Mutter hat vor letzter Nacht eine Liste eingereicht. Sie ist ziemlich detailliert, also wissen wir, was bei allen fehlt. Es ist weniger klar, was aus dem Leuchtturm fehlt. Ich hätte einen besseren Fall, wenn wir die Gegenstände in die Hände bekommen könnten, die er mitgenommen hat. Ich erwarte nicht, dass ihr mir alle erklärt, warum einige dieser Gegenstände wichtig sind, aber ich weiß von Zoe, dass sie es sind.«

»Hast du etwas dagegen, wenn wir versuchen, mit ihm zu sprechen?«, fragte Liam.

»Nur zu«, sagte Daniel, als er von seinem Schreibtischstuhl aufstand. »Ich bringe euch zu ihm.«

Wir folgten ihm den Flur hinunter, durch eine andere Tür und entlang eines weiteren Flurs zu der Arrestzelle. Daniel brachte Richard schnell in einen kleinen Raum neben der Zelle, und Liam und ich gesellten uns zu ihnen. Ich fragte mich, ob Daniel vorhatte, unser Treffen aufzuzeichnen. Alles, was wir wissen mussten, war, wo Richard alles verstaut hatte, was er genommen hatte. Aber ich glaubte nicht, dass wir darauf vertrauen konnten, dass er nicht über die Hexenaspekte dieses ganzen Schlamassels plappern würde, den er verursacht hatte.

Sobald die Tür hinter Daniel ins Schloss fiel, stützte Liam seine Ellbogen auf den Tisch und fixierte Richard mit seinem Blick. »Hast du vor, uns zu sagen, wo du alles versteckt hast, was du genommen hast?«, fragte er direkt.

Richard schüttelte entschieden den Kopf. »Auf keinen Fall. Selbst wenn ich ein bisschen Zeit absitzen muss, weiß ich genau, wo diese Dinge sind, wenn ich rauskomme.«

»Wenn du denkst, dass wir sie nicht aufspüren werden, während du hinter Gittern sitzt, solltest du nochmal nachdenken. Wenn du Hilfe dabei willst, die Kraft deiner Familie zurückzugewinnen, solltest du nett zu uns sein. Wir sagen nicht, dass wir dir helfen werden, aber entweder gibst du uns eine Chance, dir zu helfen, oder wir werden gegen dich arbeiten«, sagte ich, während ein Anflug von Ärger in mir aufstieg.

Liam lachte leise. »Glaub mir, das willst du nicht. Diese Stadt ist voller Hexen. Du hast zufällig Gegenstände von einigen der mächtigsten Familien hier gestohlen. Aber dann wusstest du wohl, was du brauchst.«

Richard blickte nach unten und murmelte etwas vor sich hin. Als er den Kopf hob, wirkte er verärgert und resigniert. Die simple Wahrheit war, dass er ohne Hilfe nicht erfolgreich seine Kraft zurückgewinnen würde, es sei denn, er wüsste genau, was er tat. Ich musste ihm zugestehen, dass er einige Nachforschungen angestellt hatte. Er hatte die Gegenstände, die er brauchte, definitiv ausgekundschaftet.

Doch ungeachtet seiner Absicht würde es nicht einfach werden. Nicht ohne jemanden, der ihm beibrachte, wie man es macht. Er spielte mit Magie, und das nicht auf eine gute Weise.

Nicht geplant, aber weil wir beide den Kern der Sache verstanden, saßen Liam und ich still da, während Richard seine Optionen abwägte. Ich vermutete, dass er, obwohl er seine Hausaufgaben gemacht hatte, nicht ganz verstanden hatte, wie alles zusammenwirken sollte. Verdammt, ich war in einer Familie geboren und aufgewachsen, die nichts anderes tat, als mich während meines Aufwachsens Zaubersprüche üben zu lassen. Ich war durchtränkt von Schicksal und überall von Hexen und Zauberern umgeben. Selbst ich würde bei dem Gedanken, zu versuchen, was er vorhatte, Bedenken haben.

Nach einigen langen Augenblicken seufzte er schwer und warf uns einen Blick zu. »Na gut«, murmelte er. »Sie sind in meiner Wohnung in Boston.«

»Du bist nicht zufällig mit Abby Proctor verwandt, oder?«, fragte ich.

Seine Augen verengten sich, und er sah etwas erschrocken aus. Er konnte nicht wissen, dass ich mich direkt in ihr Haus transportiert und die Hälfte seines Gesprächs mit ihr mitgehört hatte. Aber ich spürte, dass meine Frage ihnen einen Hinweis darauf gegeben haben könnte, wozu wir fähig waren.

»Ja, sie ist meine Cousine. Warum fragst du?«

»Ich habe sie ein paar Mal getroffen, als sie in unseren Laden gekommen ist. Mir scheint, du versuchst, sie zu zwingen, dieses Haus an dich zu verkaufen. Es ist ihr Zuhause. Wenn die Familie wollte, dass es an sie weitergegeben wird, dann sollte sie es auch haben. Du kannst nicht an solchen Dingen herumpfuschen. Wenn du denkst, dass das Haus selbst magisch ist, ist es das nicht. So funktionieren solche Dinge nicht«, erklärte ich.

»Nun, du kannst es mir nicht verdenken. Sie sitzt auf einem verdammten Vermögen«, murmelte er vor sich hin. »Sie hat keine Ahnung.«

Liam schüttelte den Kopf. »Als ob du welche hättest. Also gut, sag uns, wo deine Wohnung ist.«

»Hey, ich habe einen gewissen Hebel«, protestierte Richard. »Ich werde euch Leute nicht einfach so in meine Wohnung lassen. Sprecht mit diesem spießigen Polizeioberhaupt und sagt ihm, er soll mir einen Deal anbieten, dann lasse ich euch in meine Wohnung.«

Ich verdrehte die Augen und kämpfte gegen den Drang an zu grinsen, als Liam meinen Blick auffing. »Wir brauchen keinen Schlüssel, um in deine Wohnung zu kommen. Tatsächlich weiß ich, wo sie ist. Daniel hat es sowieso in seiner Akte.«

»Lass Abby in Ruhe«, fügte ich hinzu. »Ich bin mir nicht sicher, ob wir dir bei irgendeinem Deal helfen können. Wir können sicherlich nicht für alle sprechen, aber du bist in meinen Laden eingebrochen. Es gibt fünf weitere Orte, in die du eingebrochen bist.«

Ich schob meinen Stuhl vom Tisch weg, das Kratzen der Beine auf dem Betonboden war laut in dem kleinen Raum. Liam tat es mir gleich. »Wir werden zuerst sehen, ob du uns die Wahrheit sagst. Wenn wir alles finden, was du genommen hast, bin ich sicher, dass das als Kooperation mit dem Gericht zu deinen Gunsten gewertet wird«, sagte er nüchtern, als wir uns umdrehten und gingen.

EPILOG

Eine Woche später saß ich am riesigen Esstisch im Haus von Liams Eltern. Wir befanden uns im formellen Esszimmer, weil sie alle, die Opfer der Einbrüche geworden waren, zu einer Art Abendessen zur Feier eingeladen hatten. Richard war ehrlich gewesen, und wir hatten alle gestohlenen Gegenstände aus seiner winzigen Dachwohnung in Boston zurückgeholt. Abgesehen von dem, was er aus Charm Cove mitgenommen hatte, enthielt seine Wohnung Regale über Regale voller Zauberbücher. Offenbar war er kreuz und quer durch Neuengland gereist und hatte Zauberbücher aus Antiquariaten gesammelt.

Er wartete derzeit auf seinen Prozess und war gegen Kaution frei. Die meisten Hexenfamilien hielten ihn auf vorsichtige Distanz.

Liams Mutter, Alice Good, klopfte mit ihrer Gabel an den Rand ihres Weinglases, wodurch das Gemurmel der Gespräche rund um den Tisch verstummte. Liam saß auf einer Seite neben mir, seine Mutter und sein Vater an den gegenüberliegenden Enden des Tisches. Meine Eltern saßen uns gegenüber, mit Tante Lea und Jacob an ihrer Seite. Opal und Theo Good waren ebenso anwesend wie Albert Bishop, seine Frau und Sally und Rae Bishop. Sally und Rae waren Ehrengäste, weil sie geholfen hatten herauszufinden, was aus The Ink Spot gestohlen worden war. Das hatte uns wiederum geholfen, uns auf

Richards alte Familie zu konzentrieren. Die Gästerunde komplettierten Celia und Delia sowie meine Cousine Emma. Daniel hatte die Einladung abgelehnt. Er hielt gerne professionelle Distanz, wenn es um seine Ermittlungen ging.

Als ich um den Tisch blickte, durchströmte mich ein Gefühl der Richtigkeit. Wir waren ein bunt gemischter Haufen, aber alle glaubten an Magie. Tante Lea lächelte zu mir herüber, während meine Mutter mir zuzwinkerte. Für einen Moment fragte ich mich, worüber sie grinsten, und dann spürte ich das Gewicht von Liams Arm über meinen Schultern.

Ich hätte fast mit den Augen gerollt. Trotz ihrer Vereinbarung, uns nicht zu bedrängen, taten sie es auf subtile Weise.

»Nun«, sagte Opal, »wir haben das erledigt, oder?«

Liams Mutter war still, aber sie zog immer im Hintergrund die Fäden. Wir erfuhren erst nachträglich, dass sie die ganze Zeit mit Beatrice gesprochen und ein Auge auf Richard gehabt hatte.

»Ich weiß nur nicht, ob wir ihn überhaupt in Charm Cove bleiben lassen sollten«, warf Tante Lea ein.

Mein Vater schaute hinüber und zuckte mit den Schultern. »Viel können wir dagegen nicht tun.«

»Ich denke, es ist besser, wenn wir wissen, wo er ist. Ich glaube nicht, dass er an sich ein schlechter Mensch ist. Ich denke, er ist nur etwas verbittert darüber, dass seine Familie an Macht verloren hat. Ich meine, Abby ist in derselben Situation wie er, und sie ist keine Gefahr«, fügte meine Mutter hinzu.

Opal nickte. »Ich nehme an, du hast recht.«

»Sie kommt jetzt ziemlich regelmäßig in den Laden. Ich glaube, sie plant, in der Gegend zu bleiben. Sie hat mir erzählt, dass sie nach New Hampshire zurückgehen muss, um ihren Job zu kündigen und herauszufinden, was sie hier für eine Arbeit finden kann. Entweder lassen wir Richard wegziehen und wissen nicht, wo er ist, oder er bleibt nach seiner Strafe hier, und wir haben eine gewisse Vorstellung davon, was mit ihm los ist.«

Tante Lea schnaubte, argumentierte aber nicht dagegen. Sie hielt inne, um einen Schluck Wein zu nehmen, ihr Blick schweifte zu Delia und Celia hinüber. Ich wusste, dass sie sich beschützend fühlte, wegen ihrer Beteiligung an Richards sozusagen Niederschlagung. Das Gespräch ging weiter, nachdem eine der Zwillinge bemerkte, dass sie am Verhungern sei.

Später an diesem Abend, Stunden nach dem Essen und nachdem wir zu meinem Kutscherhaus zurückgekehrt waren, schaute ich zu Liam hinüber. Wir saßen auf der Couch in meinem Wohnzimmer, mit Ghost, der schnurrend auf seinem Schoß lag.

Liam drehte sich zu mir, seine Augen trafen meine. Mit einem Zwinkern verzog sich sein Mundwinkel nach oben. Mein Bauch schlug wie gewohnt Purzelbäume, wenn er das tat, und ich fragte mich, was uns als Nächstes erwarten würde.

———

Danke, dass du Verhex mich nicht gelesen hast! Wenn du Updates über meine neuen Veröffentlichungen und andere Neuigkeiten erhalten möchtest, melde dich für meinen Newsletter an: subscribepage.io/sTrNBG

Für mehr Unfug, Magie und Chaos in Charm Cove, blättere um für einen Vorgeschmack aus Spells & Silver Bells, dem nächsten Buch der Wicked Good Mystery-Reihe!

MOIRA WICKED

Stehend an meiner Küchentheke nahm ich einen langen Schluck Wein. Ich war heute Abend allein, weil Liam für ein paar Tage in Boston war. Thanksgiving stand vor der Tür, und draußen schneite es. Ich liebte den frühen Schnee, so hübsch wie er die Landschaft überzuckerte. Mit dem Weinglas in der Hand schlüpfte ich in ein Paar Stiefel, um meine Füße warm zu halten, und ging dann auf meine Hinterveranda.

Das durch die Fenster fallende Restlicht ließ den Schnee funkeln, als er durch die Dunkelheit fiel. Es sah aus, als würde der Himmel Feenstaub verstreuen.

Ich holte tief Luft, schluckte die kühle Luft hinunter und zitterte leicht. Der fallende Schnee verschleierte den Schein des Mondes. Der Ozean, der sich in der Ferne erstreckte, war nicht sichtbar, außer dem Geräusch der Wellen, die auf das Ufer rollten.

Als ich mich umdrehte, um wieder hineinzugehen, hörte ich ein entferntes Knacken und rufende Stimmen. Aber dann wurde alles still. Da ich schon einige Gläser Wein getrunken hatte, als meine Cousine Emma und meine beste Freundin Zoe früher zum Abendessen da waren, stand ich noch ein paar Momente auf der Veranda und wartete, um festzustellen, ob ich noch etwas hörte. Nichts als das Geräusch der brechenden Wellen und der leichte Schneefall drang zu mir durch. Eine leichte Windböe fegte über die Veranda und wirbelte mein Haar durcheinander.

In der Annahme, dass ich mir etwas einbildete, schüttelte ich schnell den Kopf und drehte mich um, um wieder hineinzugehen. Unfähig, mein Gefühl der Unruhe zu vertreiben, konnte ich dem Drang nicht widerstehen, zum Ufer hinunterzugehen. Als ich wenig später die Klippe erreichte, blickte ich über den Ozean und scannte die dunkle Küstenlinie.

In einem Flackern von silbrigem Licht durch die Wolken stockte mir der Atem, als ich ein Boot sah, das ein kurzes Stück entfernt am Ufer gegen die Felsen geprallt war. Ich zog mein Handy aus der Tasche und wählte schnell die Nummer von Daniel Lévesque, dem Polizeichef von Charm Cove.

Nachdem ich den Bootsunfall gemeldet hatte, eilte ich den felsigen Pfad zum Ufer hinunter. Selbst in der Dunkelheit mit dem fallenden Schnee und nichts als dem trüben Licht des Mondes durch die Wolken, das mich leitete, kannte ich den Pfad auswendig und machte mich auf den Weg nach unten. Ich rannte über den Sand und rief, in der Hoffnung, dass jemand auf meine Rufe antworten würde. Ich *wusste*, dass ich gerade Stimmen gehört hatte.

Kein Laut kam zu mir zurück.

Ich erreichte das betreffende Boot. Es war ein Fischerboot – davon gab es Hunderte in diesem Teil von Maine. Wie die meisten kleinen Küstenstädte in der Gegend hatte Charm Cove einen Bootshafen und viele Familien, die ihren Lebensunterhalt vom Meer bestritten.

Die Blütezeit der kommerziellen Fischerei im Nordosten war längst vorbei, aber das änderte nichts daran, dass Fischerei eine Lebensart in Maine war. Ich überlegte, in das zersplitterte Boot zu klettern, entschied aber, dass es wahrscheinlich nicht klug wäre. Zumindest nicht, bis jemand anderes hierher käme. Auch wenn ich meine Magie nutzen könnte, um mich im Notfall hinein- und hinauszuzaubern, könnte ich trotzdem in Schwierigkeiten geraten.

Als ich die kleine Kabine des Bootes betrachtete, war es durchaus möglich, dass alle überlebt haben. Tatsächlich erwartete ich, dass alle überlebt hatten. Nur der Bug des Bootes war aufgesplittert, wo es gegen die Felsen gekracht war. Der Rest des Bootes war intakt.

Während ich wartete, vibrierte mein Handy in meiner Tasche. Als ich es herauszog, sah ich Liams Namen auf meinem Bildschirm. Es war nach Mitternacht, und ich hatte keine Ahnung, warum er jetzt anrufen würde.

Besorgt wischte ich mit dem Finger über den Bildschirm und hob das Telefon an mein Ohr. »Hey? Ist alles in Ordnung?«

»Nun, deshalb rufe ich dich an. Nathan hat gerade angerufen. Er wusste nicht, dass ich nicht in der Stadt bin. Der Leuchtturm hat aufgehört zu funktionieren«, sagte Liam und bezog sich dabei auf den Leuchtturm von Beacon's Charm. Liams Cousin Nathan verwaltete den Leuchtturm. Technisch gesehen lief er mit Magie und das seit seiner Entstehung vor mehreren Jahrhunderten.

Wenn der Leuchtturm aufgehört hatte zu funktionieren, hatten wir ein echtes Problem.

»Okay, das ist seltsam. Ich stehe am Strand, weil ich ein Knacken und Stimmen gehört habe. Da ist ein Fischerboot auf den Felsen, und niemand ist hier. Ich habe gerade Daniel angerufen.« Ich hielt inne und sah ein helles Licht, das von der Klippe hinter meinem Haus herunterkam, und das Geräusch von Stimmen, das zu mir herübertrug. »Er ist jetzt auf dem Weg zum Strand. Ich sollte gehen.«

»Ich komme jetzt nach Hause. Ich bin in ein paar Stunden da. Sei vorsichtig«, sagte Liam, als ich das Telefon auflegte.

Was zum Teufel ging hier vor? Die Magie für den Leuchtturm war erloschen, und ein Fischerboot war verunglückt. Hinzu kam, dass, soweit ich feststellen konnte, niemand in der Nähe war, obwohl ich mir sicher war, dass ich vor ein paar Minuten von hier aus Stimmen gehört hatte.

Hinter Daniel tauchten mehrere Lichter auf, Lichtstrahlen tanzten in der Dunkelheit, als sie sich über die Klippe und den Strand zu mir durcharbeiteten. Kurz darauf waren beide meiner Eltern da, zusammen mit Daniel, Tante Lea, Onkel Jacob und Nathan Good. Nathan sah ziemlich besorgt aus und verkündete sofort allen, dass die Magie des Leuchtturms erloschen war.

Alle Köpfe drehten sich zu ihm. »Was?«, fragte Jacob mit scharfem Ton.

»Genau das, was ich gesagt habe.«

»Das kann nicht sein!«, erklärte meine Mutter. »Er läuft mit Magie. Der Zauber für diesen Leuchtturm wurde vor Jahrhunderten gesprochen. Er war die ganze Zeit unzerbrechlich.«

Ein Murmeln ging durch die Gruppe, und dieses Gefühl der Unruhe in mir wurde stärker.

Ein Bootsunfall, ein defekter Leuchtturm und keine Spur von den Stimmen, die ich gehört hatte. Oh, und Weihnachten stand vor der Tür.

———

1-Klick : Spells & Silver Bells

Wenn du Updates zu meinen neuen Veröffentlichungen und anderen Neuigkeiten erhalten möchtest, melde dich für meinen Newsletter an: subscribepage.io/sTrNBG

Wish Upon A Witch
A Stormy Spell
A Stitch of Magic
Bee Charmed
Lemon Tea Cozy Mysteries
Witch You Wouldn't Believe
A Spell to Tell
Witch is When it Gets Crazy

ÜBER DIE AUTORIN

Lucy May liebt Kaffee, Hunde, Kochen und Schreiben. Sie ist eine fehlplatzierte Südstaatlerin, die in Maine lebt. Sie hat gelernt, alle vier Jahreszeiten zu lieben, sehnt sich aber immer noch nach den verschlafenen Sommern im Süden. Sie mag den Gedanken, dass sie in einem anderen Leben vielleicht eine Hexe gewesen ist, und glaubt noch immer an Magie. Ihre Zeit verbringt sie damit, alberne, freche und sexy paranormale Geschichten zu spinnen.